瑞蘭國際

日本導遊教你的
教你的 新版
旅遊萬用句

元氣日語編輯小組 編著

擁有此書，
等於日本導遊就在身邊

　　日本是一個迷人的國家，春天賞櫻、夏季戲水、秋日觀楓、冬季看雪，再加上南從沖繩、九州，一直到本州的關西、關東，最後北上到東北、北海道，四處皆有令人可以玩味再三的歷史人文古蹟和遊樂園，還有井然有序的街道、溫文有禮的人民，最重要的她還是個購物天堂，所以一向是國人的最愛。

　　但是到了日本，如果還能自己開口說日文，是不是更有趣呢？

　　於是這一本《日本導遊教你的旅遊萬用句》就這樣誕生了。

　　本書分成三大部分：第一部分是「萬用字」，舉凡赴日旅遊用得到的單字，無一不在裡面，建議平時就可以把這些單字牢記於心，因為說實在的，出國在外，需要的時候，有時候不用一句話，只要一個單字就夠用了。

書的第二部分是「萬用句」，從打包行李、入境日本、交通、住宿、用餐、觀光、購物……，只要在日本用得到的句子，本書應有盡有，帶著此書，就是帶著一個安心。

至於第三部分，則是日本地圖以及各大都市的電車路線圖，相信會是旅遊的好幫手。

值此國門再度開放之際，推出《日本導遊教你的旅遊萬用句　新版》，歡迎讀者善用本書側邊的索引、音檔、羅馬拼音等，帶著本書，開口說日文，好好享受您的日本之旅！

元氣日語編輯小組

王愛琴

2023年9月

如何使用本書

STEP1

在前往日本之前，
您可以先這樣認識日本……

導遊隨身攜帶的旅遊指南

　　精選在日本遊玩時所需的各種實用資訊，包含日本地圖、各種祭典、日本節日、機場到飯店的自由行指南，以及東京、橫濱、名古屋、京都、大阪、福岡、札幌的電車路線圖，只要隨身攜帶這些資訊，想一個人在日本趴趴走也不是難事喔！

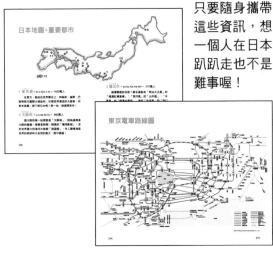

在日本旅遊時，您可以
這樣使用萬用字及萬用句⋯⋯

導遊教你的旅遊萬用字

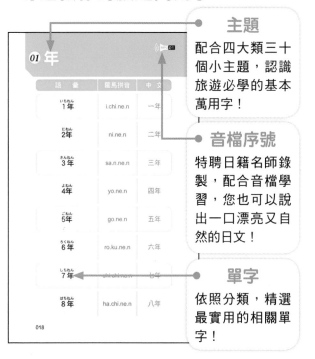

主題

配合四大類三十
個小主題，認識
旅遊必學的基本
萬用字！

音檔序號

特聘日籍名師錄
製，配合音檔學
習，您也可以說
出一口漂亮又自
然的日文！

單字

依照分類，精選
最實用的相關單
字！

語彙	羅馬拼音	中文
いちねん 1年	i.chi.ne.n	一年
にねん 2年	ni.ne.n	二年
さんねん 3年	sa.n.ne.n	三年
よねん 4年	yo.ne.n	四年
ごねん 5年	go.ne.n	五年
ろくねん 6年	ro.ku.ne.n	六年
しちねん 7年	shi.chi.ne.n	七年
はちねん 8年	ha.chi.ne.n	八年

01 年

018

導遊教你的旅遊萬用句

場景

搭配八大類四十八個小場景，迅速學會各種地點、狀況、場合的旅遊萬用句！

導遊教你說

依照各個場景，「導遊教你說」列出最實用、最基礎簡單的句型，讓您立即就能說出整句日文！

01 荷造りをする
ni.zu.ku.ri o su.ru
打包行李

(((MP3 31

導遊教你說

1. 日本へ行く準備はできましたか。
   ni.ho.n e i.ku ju.n.bi wa de.ki.ma.shi.ta ka
   去日本的準備都好了嗎？

2. その小さいバッグの中に何を入れますか。
   so.no chi.i.sa.i ba.g.gu no na.ka ni na.ni o i.re.ma.su ka
   那個小包包裡要放什麼呢？

3. パスポートを忘れないでください。
   pa.su.po.o.to o wa.su.re.na.i.de ku.da.sa.i
   請不要忘記護照。

4. これ以上は入りません。
   ko.re i.jo.o wa ha.i.ri.ma.se.n
   放不下任何東西了。

5. これは機内持ち込み用のバッグに入れましょう。
   ko.re wa ki.na.i mo.chi.ko.mi yo.o no ba.g.gu ni i.re.ma.sho.o
   這個放進手提行李裡吧。

096

006

)) **31**

6
それは向こうの友達にあげるお土産です。
so.re wa mu.ko.o no to.mo.da.chi ni a.ge.ru o mi.ya.ge de.su
那是要送給那邊朋友的土產。

準備篇

打

你也可以這樣說

運用替換句型，
代入各類單字，
您可以學會各種
日文句子！

連樣說 1
スーツケースの中に本を入れます。
su.u.tsu.ke.e.su no na.ka ni ho.n o i.re.ma.su
把書放到行李箱裡。

連樣說 2
スーツケースの中にタオルを入れます。
su.u.tsu.ke.e.su no na.ka ni ta.o.ru o i.re.ma.su
把毛巾放到行李箱裡。

連樣說 3
スーツケースの中に歯ブラシを入れます。
su.u.tsu.ke.e.su no na.ka ni ha.bu.ra.shi i.re.ma.su
把牙刷放到行李箱裡。

羅馬拼音

全書日文皆附上
羅馬拼音，只要
跟著唸唸看，您
也可以變成日文
達人！

連樣說 4
スーツケースの中に歯磨き粉を入れます。
su.u.tsu.ke.e.su no na.ka ni ha.mi.ga.ki.ko o i.re.ma.su
把牙膏放到行李箱裡。

097

目次

PART 1 導遊教你的
旅遊萬用字 014

Chapter1 時間篇 ⊃017

01 年
02 月
03 日
04 季節、節日、星期
05 時
06 分

Chapter2 數量篇 ⊃033

01 數量詞、單位
02 個
03 人
04 杯
05 張、件

附錄 導遊隨身攜帶的 旅遊指南 254

PART

1

導遊教你的
旅遊萬用字

がんばりましょう！
ga.n.ba.ri.ma.sho.o
加油吧！

Chapter ①

→ じ かん
時間 時間

01 年

語　彙	羅馬拼音	中　文
<ruby>1年<rt>いちねん</rt></ruby>	i.chi.ne.n	一年
<ruby>2年<rt>にねん</rt></ruby>	ni.ne.n	二年
<ruby>3年<rt>さんねん</rt></ruby>	sa.n.ne.n	三年
<ruby>4年<rt>よねん</rt></ruby>	yo.ne.n	四年
<ruby>5年<rt>ごねん</rt></ruby>	go.ne.n	五年
<ruby>6年<rt>ろくねん</rt></ruby>	ro.ku.ne.n	六年
<ruby>7年<rt>しちねん</rt></ruby>	shi.chi.ne.n	七年
<ruby>8年<rt>はちねん</rt></ruby>	ha.chi.ne.n	八年

語　彙	羅馬拼音	中　文
きゅうねん 9年	kyu.u.ne.n	九年
じゅうねん 10年	ju.u.ne.n	十年
じゅういちねん 11年	ju.u.i.chi.ne.n	十一年
じゅうごねん 15年	ju.u.go.ne.n	十五年
にじゅうねん 20年	ni.ju.u.ne.n	二十年
ごじゅうねん 50年	go.ju.u.ne.n	五十年
ひゃくねん 100年	hya.ku.ne.n	一百年
なんねん 何年	na.n.ne.n	幾年

時間篇
年

02 月

語　彙	羅馬拼音	中　文
いちがつ 1月	i.chi.ga.tsu	一月
にがつ 2月	ni.ga.tsu	二月
さんがつ 3月	sa.n.ga.tsu	三月
しがつ 4月	shi.ga.tsu	四月
ごがつ 5月	go.ga.tsu	五月
ろくがつ 6月	ro.ku.ga.tsu	六月
しちがつ 7月	shi.chi.ga.tsu	七月
はちがつ 8月	ha.chi.ga.tsu	八月

語　彙	羅馬拼音	中　文
くがつ 9月	ku.ga.tsu	九月
じゅうがつ 10月	ju.u.ga.tsu	十月
じゅういちがつ 11月	ju.u.i.chi. ga.tsu	十一月
じゅうにがつ 12月	ju.u.ni.ga.tsu	十二月
なんがつ 何月	na.n.ga.tsu	幾月

時間篇

月

03 日

語　彙	羅馬拼音	中 文
ついたち 1日	tsu.i.ta.chi	一日
ふつか 2日	fu.tsu.ka	二日
みっか 3日	mi.k.ka	三日
よっか 4日	yo.k.ka	四日
いつか 5日	i.tsu.ka	五日
むいか 6日	mu.i.ka	六日
なのか 7日	na.no.ka	七日
ようか 8日	yo.o.ka	八日

語　　彙	羅馬拼音	中　文
ここの か 9日	ko.ko.no.ka	九日
とお か 10日	to.o.ka	十日
じゅういちにち 11日	ju.u.i.chi.ni.chi	十一日
じゅうににち 12日	ju.u.ni.ni.chi	十二日
じゅうさんにち 13日	ju.u.sa.n.ni.chi	十三日
じゅうよっ か 14日	ju.u.yo.k.ka	十四日
じゅうごにち 15日	ju.u.go.ni.chi	十五日
じゅうろくにち 16日	ju.u.ro.ku. ni.chi	十六日

語　彙	羅馬拼音	中　文
じゅうしちにち １７日	ju.u.shi.chi. ni.chi	十七日
じゅうはちにち １８日	ju.u.ha.chi. ni.chi	十八日
じゅうくにち １９日	ju.u.ku.ni.chi	十九日
はつか 20日	ha.tsu.ka	二十日
にじゅういちにち ２１日	ni.ju.u.i.chi. ni.chi	二十一日
にじゅうににち ２２日	ni.ju.u.ni. ni.chi	二十二日
にじゅうさんにち ２３日	ni.ju.u.sa.n. ni.chi	二十三日
にじゅうよっか ２４日	ni.ju.u.yo.k.ka	二十四日

時間篇

日

語　彙	羅馬拼音	中　文
にじゅうごにち ２５日	ni.ju.u.go. ni.chi	二十五日
にじゅうろくにち ２６日	ni.ju.u.ro.ku. ni.chi	二十六日
にじゅうしちにち ２７日	ni.ju.u.shi.chi. ni.chi	二十七日
にじゅうはちにち ２８日	ni.ju.u.ha.chi. ni.chi	二十八日
にじゅうくにち ２９日	ni.ju.u.ku. ni.chi	二十九日
さんじゅうにち ３０日	sa.n.ju.u. ni.chi	三十日
さんじゅういちにち ３１日	sa.n.ju.u.i.chi. ni.chi	三十一日
なんにち 何日	na.n.ni.chi	幾日

04 季節、節日、星期

語　彙	羅馬拼音	中　文
春 はる	ha.ru	春
夏 なつ	na.tsu	夏
秋 あき	a.ki	秋
冬 ふゆ	fu.yu	冬
お正月 しょうがつ	o sho.o.ga.tsu	新年、正月
バレンタインデー	ba.re.n.ta.i.n.de.e	情人節 （二月十四日）
ホワイトデー	ho.wa.i.to.de.e	白色情人節 （三月十四日）
クリスマス	ku.ri.su.ma.su	耶誕節 （十二月 二十五日）

語　彙	羅馬拼音	中　文
こどもの日	ko.do.mo no hi	兒童節 （五月五日）
にちよう び **日曜日**	ni.chi.yo.o.bi	星期日
げつよう び **月曜日**	ge.tsu.yo.o.bi	星期一
か よう び **火曜日**	ka.yo.o.bi	星期二
すいよう び **水曜日**	su.i.yo.o.bi	星期三
もくよう び **木曜日**	mo.ku.yo.o.bi	星期四
きんよう び **金曜日**	ki.n.yo.o.bi	星期五
ど よう び **土曜日**	do.yo.o.bi	星期六

時間篇

季節、節日、星期

05 時

語　彙	羅馬拼音	中　文
いち じ 1時	i.chi.ji	一點
に じ 2時	ni.ji	二點
さん じ 3時	sa.n.ji	三點
よ じ 4時	yo.ji	四點
ご じ 5時	go.ji	五點
ろく じ 6時	ro.ku.ji	六點
しち じ 7時	shi.chi.ji	七點
はち じ 8時	ha.chi.ji	八點

語　彙	羅馬拼音	中　文
く じ 9時	ku.ji	九點
じゅう じ 10時	ju.u.ji	十點
じゅういち じ 11時	ju.u.i.chi.ji	十一點
じゅうに じ 12時	ju.u.ni.ji	十二點
じ はん ～時半	ji.ha.n	～點半
じ かん ～時間	ji.ka.n	～小時
なん じ 何時	na.n.ji	幾點

時間篇

時

06 分

語　彙	羅馬拼音	中　文
いっぷん 1分	i.p.pu.n	一分
にふん 2分	ni.fu.n	二分
さんぷん 3分	sa.n.pu.n	三分
よんぷん 4分	yo.n.pu.n	四分
ごふん 5分	go.fu.n	五分
ろっぷん 6分	ro.p.pu.n	六分
ななふん 7分	na.na.fu.n	七分
はっぷん 8分	ha.p.pu.n	八分

語　彙	羅馬拼音	中　文
きゅうふん 9分	kyu.u.fu.n	九分
じゅっぷん 10分	ju.p.pu.n	十分
じゅういっぷん 11分	ju.u.i.p.pu.n	十一分
にじゅっぷん 20分	ni.ju.p.pu.n	二十分
にじゅうごふん 25分	ni.ju.u.go.fu.n	二十五分
さんじゅっぷん 30分	sa.n.ju.p.pu.n	三十分
はん 半	ha.n	半
なんぷん 何分	na.n.pu.n	幾分

時間篇

分

今、何時ですか。

i.ma na.n.ji de.su ka

現在幾點呢？

Chapter 2

すうりょう
→ 数量 數量

① 數量詞、單位

語　彙	羅馬拼音	中　文
<ruby>円<rt>えん</rt></ruby>	e.n	日圓
ミリ（メートル）	mi.ri (me.e.to.ru)	公厘
センチ （メートル）	se.n.chi (me.e.to.ru)	公分
メートル	me.e.to.ru	公尺
キロ（メートル）	ki.ro (me.e.to.ru)	公里
<ruby>平方<rt>へいほう</rt></ruby>メートル	he.e.ho.o. me.e.to.ru	平方公尺
<ruby>坪<rt>つぼ</rt></ruby>	tsu.bo	坪
リットル	ri.t.to.ru	公升

語　彙	羅馬拼音	中　文
グラム	gu.ra.mu	公克
キロ （グラム）	ki.ro (gu.ra.mu)	公斤
杯 / 杯 / 杯	ha.i / ba.i / pa.i	杯、碗
冊	sa.tsu	本、冊
枚	ma.i	張、件
匹 / 匹 / 匹	hi.ki / bi.ki / pi.ki	隻、匹
本 / 本 / 本	ho.n / bo.n / po.n	支、瓶
台	da.i	台

數量篇　數量詞、單位

02 個

語　彙	羅馬拼音	中　文
<ruby>1<rt>いっ</rt></ruby><ruby>個<rt>こ</rt></ruby>	i.k.ko	一個
<ruby>2<rt>に</rt></ruby><ruby>個<rt>こ</rt></ruby>	ni.ko	二個
<ruby>3<rt>さん</rt></ruby><ruby>個<rt>こ</rt></ruby>	sa.n.ko	三個
<ruby>4<rt>よん</rt></ruby><ruby>個<rt>こ</rt></ruby>	yo.n.ko	四個
<ruby>5<rt>ご</rt></ruby><ruby>個<rt>こ</rt></ruby>	go.ko	五個
<ruby>6<rt>ろっ</rt></ruby><ruby>個<rt>こ</rt></ruby>	ro.k.ko	六個
<ruby>7<rt>なな</rt></ruby><ruby>個<rt>こ</rt></ruby>	na.na.ko	七個
<ruby>8<rt>はっ</rt></ruby><ruby>個<rt>こ</rt></ruby>	ha.k.ko	八個

語　彙	羅馬拼音	中　文
きゅうこ 9個	kyu.u.ko	九個
じゅっこ 10個	ju.k.ko	十個
じゅういっこ １１個	ju.u.i.k.ko	十一個
じゅうごこ １５個	ju.u.go.ko	十五個
にじゅっこ ２０個	ni.ju.k.ko	二十個
ごじゅっこ ５０個	go.ju.k.ko	五十個
ひゃっこ 100個	hya.k.ko	一百個
なんこ 何個	na.n.ko	幾個

数量篇

個

03 人

(((MP3 09

語　彙	羅馬拼音	中　文
ひとり 1人	hi.to.ri	一人
ふたり 2人	fu.ta.ri	二人
さんにん 3人	sa.n.ni.n	三人
よにん 4人	yo.ni.n	四人
ごにん 5人	go.ni.n	五人
ろくにん 6人	ro.ku.ni.n	六人
ななにん 7人	na.na.ni.n	七人
はちにん 8人	ha.chi.ni.n	八人

語　彙	羅馬拼音	中　文
きゅうにん 9人	kyu.u.ni.n	九人
じゅうにん 10人	ju.u.ni.n	十人
じゅういちにん 11人	ju.u.i.chi.ni.n	十一人
じゅうごにん 15人	ju.u.go.ni.n	十五人
にじゅうにん 20人	ni.ju.u.ni.n	二十人
ごじゅうにん 50人	go.ju.u.ni.n	五十人
ひゃくにん 100人	hya.ku.ni.n	一百人
なんにん 何人	na.n.ni.n	幾人

数量篇

人

04 杯

語　彙	羅馬拼音	中　文
<ruby>1杯<rt>いっぱい</rt></ruby>	i.p.pa.i	一杯
<ruby>2杯<rt>にはい</rt></ruby>	ni.ha.i	二杯
<ruby>3杯<rt>さんばい</rt></ruby>	sa.n.ba.i	三杯
<ruby>4杯<rt>よんはい</rt></ruby>	yo.n.ha.i	四杯
<ruby>5杯<rt>ごはい</rt></ruby>	go.ha.i	五杯
<ruby>6杯<rt>ろっぱい</rt></ruby>	ro.p.pa.i	六杯
<ruby>7杯<rt>ななはい</rt></ruby>	na.na.ha.i	七杯
<ruby>8杯<rt>はっぱい</rt></ruby>	ha.p.pa.i	八杯

語　彙	羅馬拼音	中　文
きゅうはい 9杯	kyu.u.ha.i	九杯
じゅっぱい 10杯	ju.p.pa.i	十杯
じゅういっぱい １１杯	ju.u.i.p.pa.i	十一杯
じゅうごはい １５杯	ju.u.go.ha.i	十五杯
にじゅっぱい 20杯	ni.ju.p.pa.i	二十杯
ごじゅっぱい 50杯	go.ju.p.pa.i	五十杯
ひゃっぱい 100杯	hya.p.pa.i	一百杯
なんばい 何杯	na.n.ba.i	幾杯

数量篇

杯

05 張、件

語　彙	羅馬拼音	中　文
いちまい 1枚	i.chi.ma.i	一張、一件
にまい 2枚	ni.ma.i	二張、二件
さんまい 3枚	sa.n.ma.i	三張、三件
よんまい 4枚	yo.n.ma.i	四張、四件
ごまい 5枚	go.ma.i	五張、五件
ろくまい 6枚	ro.ku.ma.i	六張、六件
ななまい 7枚	na.na.ma.i	七張、七件
はちまい 8枚	ha.chi.ma.i	八張、八件

語　彙	羅馬拼音	中　文
きゅうまい 9枚	kyu.u.ma.i	九張、九件
じゅうまい 10枚	ju.u.ma.i	十張、十件
じゅういちまい １１枚	ju.u.i.chi.ma.i	十一張、 十一件
じゅうごまい 15枚	ju.u.go.ma.i	十五張、 十五件
にじゅうまい 20枚	ni.ju.u.ma.i	二十張、 二十件
ごじゅうまい 50枚	go.ju.u.ma.i	五十張、 五十件
ひゃくまい 100枚	hya.ku.ma.i	一百張、 一百件
なんまい 何枚	na.n.ma.i	幾張、幾件

數量篇　張、件

06 隻、瓶

語　彙	羅馬拼音	中　文
いっぽん 1本	i.p.po.n	一隻、一瓶
にほん 2本	ni.ho.n	二隻、二瓶
さんぼん 3本	sa.n.bo.n	三隻、三瓶
よんほん 4本	yo.n.ho.n	四隻、四瓶
ごほん 5本	go.ho.n	五隻、五瓶
ろっぽん 6本	ro.p.po.n	六隻、六瓶
ななほん 7本	na.na.ho.n	七隻、七瓶
はっぽん 8本	ha.p.po.n	八隻、八瓶

語　彙	羅馬拼音	中　文
きゅうほん 9本	kyu.u.ho.n	九隻、九瓶
じゅっぽん 10本	ju.p.po.n	十隻、十瓶
じゅういっぽん １１本	ju.u.i.p.po.n	十一隻、 十一瓶
じゅうごほん 15本	ju.u.go.ho.n	十五隻、 十五瓶
にじゅっぽん 20本	ni.ju.p.po.n	二十隻、 二十瓶
ごじゅっぽん 50本	go.ju.p.po.n	五十隻、 五十瓶
ひゃっぽん 100本	hya.p.po.n	一百隻、 一百瓶
なんぼん 何本	na.n.bo.n	幾隻、幾瓶

數量篇　隻、瓶

語　彙	羅馬拼音	中　文
<ruby>1<rt>ひと</rt></ruby>つ	hi.to.tsu	一個
<ruby>2<rt>ふた</rt></ruby>つ	fu.ta.tsu	二個
<ruby>3<rt>みっ</rt></ruby>つ	mi.t.tsu	三個
<ruby>4<rt>よっ</rt></ruby>つ	yo.t.tsu	四個
<ruby>5<rt>いつ</rt></ruby>つ	i.tsu.tsu	五個
<ruby>6<rt>むっ</rt></ruby>つ	mu.t.tsu	六個
<ruby>7<rt>なな</rt></ruby>つ	na.na.tsu	七個
<ruby>8<rt>やっ</rt></ruby>つ	ya.t.tsu	八個

語　　彙	羅馬拼音	中　文
ここの 9つ	ko.ko.no.tsu	九個
とお 10	to.o	十個
いくつ	i.ku.tsu	幾個

數量篇

個

りんごを1つください。
ri.n.go o hi.to.tsu ku.da.sa.i
請給我一顆蘋果。

Chapter ③

→ **グルメ** 美食

時間篇

數量篇

美食篇

生活篇

((MP3 14

寿司を食べます。
su.shi o ta.be.ma.su

吃壽司。

語　彙	羅馬拼音	中　文
寿司	su.shi	壽司
天ぷら	te.n.pu.ra	天婦羅（炸物）
刺身	sa.shi.mi	生魚片
味噌汁	mi.so.shi.ru	味噌湯
肉じゃが	ni.ku.ja.ga	馬鈴薯燉肉
しゃぶしゃぶ	sha.bu.sha.bu	涮涮鍋

語　彙	羅馬拼音	中　文
ちゃんこ鍋<ruby>なべ</ruby>	cha.n.ko.na.be	力士鍋
おでん	o.de.n	關東煮
とんかつ	to.n.ka.tsu	炸豬排
和菓子<ruby>わ が し</ruby>	wa.ga.shi	和菓子
カレーライス	ka.re.e.ra.i.su	咖哩飯
コロッケ	ko.ro.k.ke	可樂餅
オムライス	o.mu.ra.i.su	蛋包飯
グラタン	gu.ra.ta.n	焗烤通心麵

美食篇
日本美食

語　彙	羅馬拼音	中　文
ラーメン	ra.a.me.n	拉麵
ざるそば	za.ru.so.ba	笊籬蕎麥麵
エビフライ<ruby>定食<rt>ていしょく</rt></ruby>	e.bi.fu.ra.i te.e.sho.ku	炸蝦定食
<ruby>焼<rt>や</rt></ruby>き<ruby>鳥<rt>とり</rt></ruby>	ya.ki.to.ri	烤雞肉串、 串燒
<ruby>月見<rt>つきみ</rt></ruby>うどん	tsu.ki.mi. u.do.n	月見烏龍麵
<ruby>牛丼<rt>ぎゅうどん</rt></ruby>	gyu.u.do.n	牛肉蓋飯
<ruby>親子丼<rt>おやこどん</rt></ruby>	o.ya.ko.do.n	雞肉雞蛋 蓋飯
<ruby>天丼<rt>てんどん</rt></ruby>	te.n.do.n	天婦羅蓋飯

語　彙	羅馬拼音	中　文
うな丼	u.na.do.n	鰻魚蓋飯
かつ丼	ka.tsu.do.n	炸豬排蓋飯
海鮮丼	ka.i.se.n.do.n	海鮮蓋飯
納豆	na.t.to.o	納豆
梅干	u.me.bo.shi	梅干
お茶漬け	o.cha.zu.ke	茶泡飯
お好み焼き	o.ko.no.mi.ya.ki	什錦燒
たこ焼き	ta.ko.ya.ki	章魚燒

美食篇　日本美食

語　彙	羅馬拼音	中　文
すき焼き	su.ki.ya.ki	壽喜燒
鯛焼き	ta.i.ya.ki	鯛魚燒
明太子 スパゲッティ	me.n.ta.i.ko. su.pa.ge.t.ti	明太子 義大利麵
つけ麺	tsu.ke.me.n	沾麵
ピザ	pi.za	披薩
ハンバーガー	ha.n.ba.a.ga.a	漢堡
ライスバーガー	ra.i.su. ba.a.ga.a	米漢堡
焼き餃子	ya.ki.gyo.o.za	鍋貼

02 飲料

語　彙	羅馬拼音	中　文
ウーロン茶^{ちゃ}	u.u.ro.n.cha	烏龍茶
ミルク	mi.ru.ku	牛奶
ヤクルト	ya.ku.ru.to	養樂多
ワイン	wa.i.n	葡萄酒
ビール	bi.i.ru	啤酒
ミネラル ウォーター	mi.ne.ra.ru. wo.o.ta.a	礦泉水
ジュース	ju.u.su	果汁
お茶^{ちゃ}	o.cha	茶

語　彙	羅馬拼音	中　文
コーヒー	ko.o.hi.i	咖啡
<ruby>紅茶<rt>こうちゃ</rt></ruby>	ko.o.cha	紅茶
ミルクティー	mi.ru.ku.ti.i	奶茶
カクテル	ka.ku.te.ru	雞尾酒
コーラ	ko.o.ra	可樂
ココア	ko.ko.a	可可
シェーク	she.e.ku	奶昔
シャンペン	sha.n.pe.n	香檳酒

03 肉類

語　彙	羅馬拼音	中　文
ステーキ	su.te.e.ki	牛排
カルビ	ka.ru.bi	牛五花
ヒレ	hi.re	牛菲力
牛タン	gyu.u.ta.n	牛舌
サーロイン	sa.a.ro.i.n	牛沙朗
ピートロ	pi.i.to.ro	松阪豬
ロース	ro.o.su	里肌肉
もつ	mo.tsu	內臟

美食篇

肉類

語　彙	羅馬拼音	中　文
ベーコン	be.e.ko.n	培根
ソーセージ	so.o.se.e.ji	德國香腸
ハム	ha.mu	火腿
挽_き肉	hi.ki.ni.ku	絞肉
チキン / 鶏肉	chi.ki.n / to.ri. ni.ku	雞肉
手羽先	te.ba.sa.ki	雞翅
ターキー / 七面鳥	ta.a.ki.i / shi. chi.me.n.cho.o.	火雞
羊の肉 （ラム / マトン）	hi.tsu.ji no ni.ku / ra.mu / ma.to.n	羊肉（一歲以內 是「ラム」，以上 是「マトン」）

04 海鮮

語　彙	羅馬拼音	中　文
<ruby>魚<rt>さかな</rt></ruby>	sa.ka.na	魚
<ruby>鮭<rt>さけ</rt></ruby>	sa.ke	鮭魚
<ruby>鮪<rt>まぐろ</rt></ruby>	ma.gu.ro	鮪魚
<ruby>鯛<rt>たい</rt></ruby>	ta.i	鯛魚
<ruby>鱈<rt>たら</rt></ruby>	ta.ra	鱈魚
たこ	ta.ko	章魚
いか	i.ka	花枝
あわび	a.wa.bi	鮑魚

語　彙	羅馬拼音	中　文
うなぎ	u.na.gi	鰻魚
海老 えび	e.bi	蝦
伊勢海老 いせえび	i.se.e.bi	龍蝦
貝柱 かいばしら	ka.i.ba.shi.ra	干貝
蛤 はまぐり	ha.ma.gu.ri	蛤蜊
あさり	a.sa.ri	海瓜子
うに	u.ni	海膽
明太子 めんたいこ	me.n.ta.i.ko	明太子 (醃漬過的鱈魚子)

05 蔬菜

きゅうりをください。
kyu.u.ri o ku.da.sa.i
請給我小黃瓜。

語　彙	羅馬拼音	中　文
野菜 （やさい）	ya.sa.i	蔬菜
白菜 （はくさい）	ha.ku.sa.i	白菜
キャベツ	kya.be.tsu	高麗菜
ほうれん草 （そう）	ho.o.re.n.so.o	菠菜
もやし	mo.ya.shi	豆芽菜
レタス	re.ta.su	美生菜、 萵苣

語　彙	羅馬拼音	中　文
ねぎ	ne.gi	蔥
生姜 しょう が	sho.o.ga	薑
にんにく	ni.n.ni.ku	蒜
大根 だいこん	da.i.ko.n	白蘿蔔
にんじん	ni.n.ji.n	紅蘿蔔
玉ねぎ たま	ta.ma.ne.gi	洋蔥
きゅうり	kyu.u.ri	小黃瓜
タロ芋 いも	ta.ro.i.mo	芋頭

語　彙	羅馬拼音	中　文
かぼちゃ	ka.bo.cha	南瓜
じゃが芋	ja.ga.i.mo	馬鈴薯
さつま芋	sa.tsu.ma.i.mo	番薯
アスパラガス	a.su.pa.ra.ga.su	蘆筍
椎茸	shi.i.ta.ke	香菇
なす	na.su	茄子
トマト	to.ma.to	蕃茄
唐辛子	to.o.ga.ra.shi	辣椒

美食篇 蔬菜

語　彙	羅馬拼音	中　文
ピーマン	pi.i.ma.n	青椒
ゴーヤ / 苦瓜	go.o.ya / ni.ga.u.ri	苦瓜
ブロッコリー	bu.ro.k.ko.ri.i	綠花椰菜
とうもろこし	to.o.mo.ro.ko.shi	玉米
えんどう豆	e.n.do.o.ma.me	豌豆
栗	ku.ri	栗子
エリンギ	e.ri.n.gi	杏鮑菇
にら	ni.ra	韭菜

06 水果

語　彙	羅馬拼音	中　文
果物 くだもの	ku.da.mo.no	水果
桃 もも	mo.mo	水蜜桃
りんご	ri.n.go	蘋果
梨 なし	na.shi	梨子
バナナ	ba.na.na	香蕉
ぶどう	bu.do.o	葡萄
いちご	i.chi.go	草莓
すいか	su.i.ka	西瓜

語　彙	羅馬拼音	中　文
パイナップル	pa.i.na.p.pu.ru	鳳梨
みかん	mi.ka.n	橘子
パパイヤ	pa.pa.i.ya	木瓜
マンゴー	ma.n.go.o	芒果
グアバ	gu.a.ba	芭樂
メロン	me.ro.n	哈密瓜
<ruby>柿<rt>かき</rt></ruby>	ka.ki	柿子
さくらんぼ	sa.ku.ra.n.bo	櫻桃

07 調味料

語　彙	羅馬拼音	中　文
砂糖 さ とう	sa.to.o	糖
みりん	mi.ri.n	味醂
塩 しお	shi.o	鹽
酢 す	su	醋
しょう油 ゆ	sho.o.yu	醬油
酒 さけ	sa.ke	酒
胡麻油 ご ま あぶら	go.ma.a.bu.ra	麻油
バター	ba.ta.a	奶油

語　彙	羅馬拼音	中　文
カレー	ka.re.e	咖哩
味噌 み そ	mi.so	味噌
わさび	wa.sa.bi	芥末
こしょう	ko.sho.o	胡椒
マヨネーズ	ma.yo.ne.e.zu	美乃滋
ケチャップ	ke.cha.p.pu	蕃茄醬
トウバンジャン	to.o.ba.n.ja.n	豆瓣醬
七味 しち み	shi.chi.mi	七味粉

⑧ 味道、感覚

> **とても辛いです。**
> to.te.mo ka.ra.i de.su
> 非常辣。

語　彙	羅馬拼音	中　文
すっぱい	su.p.pa.i	酸的
甘い	a.ma.i	甜的
苦い	ni.ga.i	苦的
辛い	ka.ra.i	辣的
しょっぱい	sho.p.pa.i	鹹的
熱い	a.tsu.i	燙的、熱的

語　彙	羅馬拼音	中　文
冷<ruby>つめ</ruby>たい	tsu.me.ta.i	冰的、冷的
いいにおい	i.i ni.o.i	香的
臭<ruby>くさ</ruby>い	ku.sa.i	臭的
おいしい	o.i.shi.i	美味的
まずい	ma.zu.i	難吃的
油<ruby>あぶら</ruby>っぽい	a.bu.ra.p.po.i	油膩的
薄<ruby>うす</ruby>い	u.su.i	清淡的
濃<ruby>こ</ruby>い	ko.i	濃郁的

Chapter ④

→ ライフ 生活

① 生活場所

ここは**トイレ**です。
ko.ko wa to.i.re de.su
這裡是廁所。

語　彙	羅馬拼音	中　文
<ruby>学校<rt>がっこう</rt></ruby>	ga.k.ko.o	學校
<ruby>図書館<rt>としょかん</rt></ruby>	to.sho.ka.n	圖書館
<ruby>病院<rt>びょういん</rt></ruby>	byo.o.i.n	醫院
<ruby>薬屋<rt>くすりや</rt></ruby>	ku.su.ri.ya	藥房
レストラン	re.su.to.ra.n	餐廳
<ruby>銀行<rt>ぎんこう</rt></ruby>	gi.n.ko.o	銀行

語　彙	羅馬拼音	中　文
ゆうびんきょく 郵便局	yu.u.bi.n. kyo.ku	郵局
えき 駅	e.ki	車站
こうばん 交番	ko.o.ba.n	派出所
くうこう 空港	ku.u.ko.o	機場
みなと 港	mi.na.to	港口
ほん や 本屋	ho.n.ya	書店
トイレ	to.i.re	廁所
きょうかい 教会	kyo.o.ka.i	教堂

生活篇　生活場所

語　彙	羅馬拼音	中　文
びじゅつかん 美術館	bi.ju.tsu.ka.n	美術館
はくぶつかん 博物館	ha.ku.bu.tsu. ka.n	博物館
コンビニ	ko.n.bi.ni	便利商店
スーパー	su.u.pa.a	超級市場
パン屋	pa.n.ya	麵包店
えいがかん 映画館	e.e.ga.ka.n	電影院
びよういん 美容院	bi.yo.o.i.n	美容院
デパート	de.pa.a.to	百貨公司

語　彙	羅馬拼音	中　文
遊園地 （ゆうえんち）	yu.u.e.n.chi	遊樂園
ジム	ji.mu	健身房
会社 （かいしゃ）	ka.i.sha	公司
公園 （こうえん）	ko.o.e.n	公園
花屋 （はなや）	ha.na.ya	花店
クリーニング屋 （や）	ku.ri.i.ni.n.gu. ya	洗衣店
ドラッグストア	do.ra.g.gu su.to.a	藥妝店
ネットカフェ	ne.t.to.ka.fe	網咖

生活篇 生活場所

075

02 生活用品

語　彙	羅馬拼音	中　文
けいたい でんわ 携帯(電話)	ke.e.ta.i (de.n.wa)	手機
デジカメ	de.ji.ka.me	數位相機
エムピースリー MP3 (プレーヤー)	e.mu.pi.i.su.ri.i (pu.re.e.ya.a)	MP3
うで ど けい 腕時計	u.de.do.ke.e	手錶
ノートブック	no.o.to.bu.k.ku	筆記型電腦
ひげ そ 髭剃り	hi.ge.so.ri	刮鬍刀
ボディソープ	bo.di.so.o.pu	沐浴乳
シャンプー	sha.n.pu.u	洗髮乳

語　彙	羅馬拼音	中　文
リンス	ri.n.su	潤髮乳
歯ブラシ	ha.bu.ra.shi	牙刷
歯磨き粉	ha.mi.ga.ki.ko	牙膏
ドライヤー	do.ra.i.ya.a	吹風機
鏡	ka.ga.mi	鏡子
石けん	se.k.ke.n	香皂
タオル	ta.o.ru	毛巾
バスタオル	ba.su.ta.o.ru	浴巾

生活篇 生活用品

03 衣服

シャツを買います。

sha.tsu o ka.i.ma.su
買襯衫。

語　彙	羅馬拼音	中　文
コート	ko.o.to	大衣
ジャケット	ja.ke.t.to	夾克
ズボン	zu.bo.n	褲子
ネクタイ	ne.ku.ta.i	領帶
シャツ	sha.tsu	襯衫
スカート	su.ka.a.to	裙子

語　彙	羅馬拼音	中　文
スーツ	su.u.tsu	套裝
ワンピース	wa.n.pi.i.su	連身裙
セーター	se.e.ta.a	毛衣
Ｔシャツ <ruby>ティー</ruby>	ti.i.sha.tsu	T恤
ポロシャツ	po.ro.sha.tsu	POLO衫
下着 した ぎ	shi.ta.gi	內衣褲
水着 みず ぎ	mi.zu.gi	泳衣
背広 せ びろ	se.bi.ro	男士西裝

生活篇 衣服

04 配件、飾品

語　彙	羅馬拼音	中　文
ぼうし 帽子	bo.o.shi	帽子
めがね 眼鏡	me.ga.ne	眼鏡
サングラス	sa.n.gu.ra.su	太陽眼鏡
マフラー	ma.fu.ra.a	圍巾
イアリング	i.a.ri.n.gu	夾式耳環
ピアス	pi.a.su	穿針式耳環
タイピン	ta.i.pi.n	領帶夾
てぶくろ 手袋	te.bu.ku.ro	手套

語　彙	羅馬拼音	中　文
ハンカチ	ha.n.ka.chi	手帕
ネックレス	ne.k.ku.re.su	項鍊
腕輪 うで わ	u.de.wa	手鐲
ブレスレット	bu.re.su.re.t.to	手鍊、手環
ブローチ	bu.ro.o.chi	胸針
指輪 ゆび わ	yu.bi.wa	戒指
ベルト	be.ru.to	腰帶、皮帶
アンクレット	a.n.ku.re.t.to	踝鍊

生活篇　配件、飾品

⑤ 美妝品

語　彙	羅馬拼音	中 文
化粧水 け しょうすい	ke.sho.o.su.i	化妝水
乳液 にゅうえき	nyu.u.e.ki	乳液
サンプロテクター / 日焼け止め ひ や ど	sa.n.pu.ro.te. ku.ta.a / hi.ya. ke.do.me	防曬乳
ファンデーション	fa.n.de.e.sho.n	粉底
パウダリー ファンデーション	pa.u.da.ri.i. fa.n.de.e.sho.n	粉餅
フェイスパウダー	fe.e.su. pa.u.da.a	蜜粉
チークカラー	chi.i.ku.ka.ra.a	腮紅
アイシャドー	a.i.sha.do.o	眼影

語　彙	羅馬拼音	中文
アイライナー	a.i.ra.i.na.a	眼線筆
マスカラ	ma.su.ka.ra	睫毛膏
つけまつげ	tsu.ke.ma.tsu.ge	假睫毛
くちべに 口紅	ku.chi.be.ni	口紅
アイブロウ	a.i.bu.ro.o	眉筆
クレンジング オイル	ku.re.n.ji.n.gu.o.i.ru	卸妝油
フェイスマスク	fe.e.su.ma.su.ku	面膜
マニキュア / ネイルカラー	ma.ni.kyu.a / ne.e.ru.ka.ra.a	指甲油

生活篇　美妝品

⑥ 顔色

語　彙	羅馬拼音	中　文
<ruby>赤<rt>あか</rt></ruby>	a.ka	紅色
オレンジ	o.re.n.ji	橙色
<ruby>黄色<rt>き いろ</rt></ruby>	ki.i.ro	黃色
<ruby>緑<rt>みどり</rt></ruby>	mi.do.ri	綠色
<ruby>青<rt>あお</rt></ruby>	a.o	藍色
<ruby>紺色<rt>こんいろ</rt></ruby>	ko.n.i.ro	靛色
<ruby>紫<rt>むらさき</rt></ruby>	mu.ra.sa.ki	紫色
ピンク	pi.n.ku	粉紅色

語　彙	羅馬拼音	中　文
<ruby>金色<rt>きんいろ</rt></ruby>	ki.n.i.ro	金色
<ruby>銀色<rt>ぎんいろ</rt></ruby>	gi.n.i.ro	銀色
<ruby>白<rt>しろ</rt></ruby>	shi.ro	白色
<ruby>黒<rt>くろ</rt></ruby>	ku.ko	黑色
<ruby>灰色<rt>はいいろ</rt></ruby>	ha.i.i.ro	灰色
クリーム<ruby>色<rt>いろ</rt></ruby>	ku.ri.i.mu.i.ro	米白色
<ruby>濃<rt>こ</rt></ruby>い<ruby>色<rt>いろ</rt></ruby>	ko.i i.ro	深色
<ruby>薄<rt>うす</rt></ruby>い<ruby>色<rt>いろ</rt></ruby>	u.su.i i.ro	淺色

生活篇　顔色

07 交通工具

語　彙	羅馬拼音	中　文
車 くるま	ku.ru.ma	汽車
自転車 じてんしゃ	ji.te.n.sha	腳踏車
バイク	ba.i.ku	摩托車
タクシー	ta.ku.shi.i	計程車
バス	ba.su	巴士
観光バス かんこう	ka.n.ko.o. ba.su	遊覽車
電車 でんしゃ	de.n.sha	電車
地下鉄 ちかてつ	chi.ka.te.tsu	地下鐵

語　彙	羅馬拼音	中　文
新幹線 しんかんせん	shi.n.ka.n.se.n	新幹線
船 ふね	fu.ne	船
クルーズ客船 きゃくせん	ku.ru.u.zu. kya.ku.se.n	遊輪
ボート	bo.o.to	遊艇
飛行機 ひこうき	hi.ko.o.ki	飛機
パトカー	pa.to.ka.a	警車
消防車 しょうぼうしゃ	sho.o.bo.o.sha	消防車
救急車 きゅうきゅうしゃ	kyu.u.kyu.u. sha	救護車

生活篇 交通工具

位置、方向

MP3 29

語　彙	羅馬拼音	中　文
東 ひがし	hi.ga.shi	東方
西 にし	ni.shi	西方
南 みなみ	mi.na.mi	南方
北 きた	ki.ta	北方
右 みぎ	mi.gi	右邊
左 ひだり	hi.da.ri	左邊
ここ	ko.ko	這邊
そこ	so.ko	那邊

語　彙	羅馬拼音	中　文
どこ	do.ko	哪邊
側 (そば)	so.ba	旁邊
前 (まえ)	ma.e	前面
後ろ (うし)	u.shi.ro	後面
上 (うえ)	u.e	上面
下 (した)	shi.ta	下面
中 (なか)	na.ka	裡面
外 (そと)	so.to	外面

生活篇 位置、方向

⑨ 東京地名

語　　彙	羅馬拼音	中 文
しんじゅく 新宿	shi.n.ju.ku	新宿
ぎんざ 銀座	gi.n.za	銀座
つきじ 築地	tsu.ki.ji	築地
ろっぽんぎ 六本木	ro.p.po.n.gi	六本木
しぶや 渋谷	shi.bu.ya	澀谷
しながわ 品川	shi.na.ga.wa	品川
はらじゅく 原宿	ha.ra.ju.ku	原宿
あきはばら 秋葉原	a.ki.ha.ba.ra	秋葉原

語　彙	羅馬拼音	中　文
よよぎ 代々木	yo.yo.gi	代代木
うえの 上野	u.e.no	上野
いけぶくろ 池袋	i.ke.bu.ku.ro	池袋
だいば お台場	o.da.i.ba	台場
あさくさ 浅草	a.sa.ku.sa	淺草
おもてさんどう 表参道	o.mo.te. sa.n.do.o	表參道
あおやま 青山	a.o.ya.ma	青山
すがも 巣鴨	su.ga.mo	巢鴨

PART 2

導遊教你的
旅遊萬用句

行ってきます。

i.t.te ki.ma.su

我要出門了。

Chapter ①

→ 準備 <ruby>じゅん<rt>じゅん</rt></ruby> <ruby>び<rt>び</rt></ruby> 準備

01 荷造りをする 打包行李
02 チェックする 確認

01 荷造りをする
に づく
ni.zu.ku.ri o su.ru
打包行李

日本へ行く準備はできましたか。
にほん い じゅんび

1

ni.ho.n e i.ku ju.n.bi wa de.ki.ma.shi.ta ka

去日本的準備都好了嗎？

その小さいバッグの中に何を入れますか。
ちい なか なに い

2

so.no chi.i.sa.i ba.g.gu no na.ka ni na.ni o
i.re.ma.su ka

那個小包包裡要放什麼呢？

パスポートを忘れないでください。
わす

3

pa.su.po.o.to o wa.su.re.na.i.de ku.da.sa.i

請不要忘記護照。

これ以上は入りません。
い じょう はい

4

ko.re i.jo.o wa ha.i.ri.ma.se.n

放不下任何東西了。

これは機内持ち込み用のバッグに入れましょう。
き ない も こ よう い

5

ko.re wa ki.na.i mo.chi.ko.mi yo.o no ba.g.gu ni
i.re.ma.sho.o

這個放進手提行李裡吧。

6

それは向こうの友達にあげるお土産です。

so.re wa mu.ko.o no to.mo.da.chi ni a.ge.ru
o mi.ya.ge de.su

那是要送給那邊朋友的土產。

你也可以這樣說

這樣說 1

スーツケースの中に本を入れます。

su.u.tsu.ke.e.su no na.ka ni ho.n o i.re.ma.su

把書放到行李箱裡。

這樣說 2

スーツケースの中にタオルを入れます。

su.u.tsu.ke.e.su no na.ka ni ta.o.ru o i.re.ma.su

把毛巾放到行李箱裡。

這樣說 3

スーツケースの中に歯ブラシを入れます。

su.u.tsu.ke.e.su no na.ka ni ha.bu.ra.shi o
i.re.ma.su

把牙刷放到行李箱裡。

這樣說 4

スーツケースの中に歯磨き粉を入れます。

su.u.tsu.ke.e.su no na.ka ni ha.mi.ga.ki.ko o
i.re.ma.su

把牙膏放到行李箱裡。

スーツケースの中に着替えを入れます。

su.u.tsu.ke.e.su no na.ka ni ki.ga.e o i.re.ma.su

把換洗衣物放到行李箱裡。

スーツケースの中に石けんを入れます。

su.u.tsu.ke.e.su no na.ka ni se.k.ke.n o i.re.ma.su

把香皂放到行李箱裡。

スーツケースの中に薬を入れます。

su.u.tsu.ke.e.su no na.ka ni ku.su.ri o i.re.ma.su

把藥放到行李箱裡。

02 チェックする
che.k.ku.su.ru
確認

遊教你說

1

ドライヤーは必要ありません。
do.ra.i.ya.a wa hi.tsu.yo.o a.ri.ma.se.n
不需要吹風機。

2

カップラーメンは持たなくてもいいです。
ka.p.pu.ra.a.me.n wa mo.ta.na.ku.te mo i.i de.su
不帶杯麵也沒關係。

3

胃薬を忘れました。
i.gu.su.ri o wa.su.re.ma.shi.ta
忘了胃藥。

4

重量オーバーかもしれませんね。
ju.u.ryo.o o.o.ba.a ka.mo shi.re.ma.se.n ne
說不定會超重喔。

5

ケイタイは持ったほうがいいです。
ke.e.ta.i wa mo.t.ta ho.o ga i.i de.su
最好帶手機。

6

忘れものはないですか。

wa.su.re.mo.no wa na.i de.su ka

沒有忘了東西吧？

你也可以這樣說

這樣說 1

バッグの中に財布があります。

ba.g.gu no na.ka ni sa.i.fu ga a.ri.ma.su

包包的裡面有錢包。

這樣說 2

バッグの中に航空券があります。

ba.g.gu no na.ka ni ko.o.ku.u.ke.n ga a.ri.ma.su

包包的裡面有機票。

這樣說 3

バッグの中にクレジットカードがあります。

ba.g.gu no na.ka ni ku.re.ji.t.to.ka.a.do ga a.ri.ma.su

包包的裡面有信用卡。

這樣說 4

バッグの中にデジカメがあります。

ba.g.gu no na.ka ni de.ji.ka.me ga a.ri.ma.su

包包的裡面有數位相機。

バッグの中に髭剃りがあります。

ba.g.gu no na.ka ni hi.ge.so.ri ga a.ri.ma.su

包包的裡面有刮鬍刀。

バッグの中にナプキンがあります。

ba.g.gu no na.ka ni na.pu.ki.n ga a.ri.ma.su

包包的裡面有衛生棉。

バッグの中にガイドブックがあります。

ba.g.gu no na.ka ni ga.i.do.bu.k.ku ga a.ri.ma.su

包包的裡面有旅行指南。

忘れものはありません。
わす
wa.su.re.mo.no wa a.ri.ma.se.n
我沒有忘東西。

Chapter ②

→ 空港 (くうこう) 機場

準備篇
機場篇
交通篇
住宿篇
用餐篇
觀光篇
購物篇
困擾篇

01 入国審査を受ける
にゅうこくしん さ う

nyu.u.ko.ku.shi.n.sa o u.ke.ru

接受入境審查

遊教你說

パスポートと入国カードを見せてください。
にゅうこく み

pa.su.po.o.to to nyu.u.ko.ku.ka.a.do o mi.se.te
ku.da.sa.i

請讓我看護照和入境卡。

①

旅行の目的は何ですか。
りょこう もくてき なん

ryo.ko.o no mo.ku.te.ki wa na.n de.su ka

旅行的目的是什麼呢？

②

日本にはどのくらい滞在しますか。
に ほん たいざい

ni.ho.n ni wa do.no.ku.ra.i ta.i.za.i.shi.ma.su ka

在日本會停留多久呢？

③

4日間です。
よっ か かん

yo.k.ka.ka.n de.su

四天。

④

1週間です。
いっしゅうかん

i.s.shu.u.ka.n de.su

一個星期。

⑤

^{にしゅうかん}
2週間です。

⑥ ni.shu.u.ka.n de.su

二個星期。

^{ひ がえ}
日帰りです。

⑦ hi.ga.e.ri de.su

當天往返。

你也可以這樣說

這樣說 1

^{かんこう} ^き
観光に来ました。

ka.n.ko.o ni ki.ma.shi.ta

來觀光。

這樣說 2

^{あそ} ^き
遊びに来ました。

a.so.bi ni ki.ma.shi.ta

來玩。

這樣說 3

^{けんしゅう} ^き
研修に来ました。

ke.n.shu.u ni ki.ma.shi.ta

來研修。

4

けんがく
見学に来ました。

ke.n.ga.ku ni ki.ma.shi.ta

來見習。

5

べんきょう
勉強に来ました。

be.n.kyo.o ni ki.ma.shi.ta

來讀書。

6

ともだち　あ　　　　き
友達に会いに来ました。

to.mo.da.chi ni a.i ni ki.ma.shi.ta

來找朋友。

7

しんせき　　ほうもん
親戚を訪問するために来ました。

shi.n.se.ki o ho.o.mo.n.su.ru ta.me ni ki.ma.shi.ta

來拜訪親戚。

02 荷物を受け取る
ni.mo.tsu o u.ke.to.ru
領取行李

(((MP3 34

機場篇

領取行李

1
どうしましたか。
do.o.shi.ma.shi.ta ka
怎麼了嗎？

2
荷物が届いてないんですが……。
ni.mo.tsu ga to.do.i.te na.i n de.su ga
行李沒有送到……。

3
困りました。
ko.ma.ri.ma.shi.ta
傷腦筋。

4
クレームタグを見せていただけますか。
ku.re.e.mu.ta.gu o mi.se.te i.ta.da.ke.ma.su ka
能讓我看行李牌嗎？

5
はい、これです。
ha.i ko.re de.su
好，就是這個。

6

もしかしたら、香港^{ホンコン}に行^いってしまった かもしれません。

mo.shi.ka.shi.ta.ra ho.n.ko.n ni i.t.te shi.ma.t.ta
ka.mo shi.re.ma.se.n

可能被送到香港去了。

カートはどこにありますか。

ka.a.to wa do.ko ni a.ri.ma.su ka

推車在什麼地方呢？

ターンテーブルはどこにありますか。

ta.a.n.te.e.bu.ru wa do.ko ni a.ri.ma.su ka

行李輸送帶在什麼地方呢？

クレームカウンターはどこにありますか。

ku.re.e.mu.ka.u.n.ta.a wa do.ko ni a.ri.ma.su ka

提領行李申訴櫃檯在什麼地方呢？

這樣說 4

両替所はどこにありますか。

ryo.o.ga.e.jo wa do.ko ni a.ri.ma.su ka

貨幣兌換處在什麼地方呢？

這樣說 5

検疫所はどこにありますか。

ke.n.e.ki.jo wa do.ko ni a.ri.ma.su ka

檢疫所在什麼地方呢？

這樣說 6

トイレはどこにありますか。

to.i.re wa do.ko ni a.ri.ma.su ka

廁所在什麼地方呢？

這樣說 7

水飲み場はどこにありますか。

mi.zu.no.mi.ba wa do.ko ni a.ri.ma.su ka

飲水機在什麼地方呢？

03 税関で
ぜいかん

ze.e.ka.n de
在海關

1. **スーツケースの中を見せてください。**
   なか み
   su.u.tsu.ke.e.su no na.ka o mi.se.te ku.da.sa.i
   請讓我看行李箱裡面。

2. **これは何ですか。**
   なん
   ko.re wa na.n de.su ka
   這是什麼呢？

3. **何か申告するものはありますか。**
   なに しんこく
   na.ni ka shi.n.ko.ku.su.ru mo.no wa a.ri.ma.su ka
   有沒有要申報的東西呢？

4. **いいえ、ありません。**
   i.i.e a.ri.ma.se.n
   沒有。

5. **生ものは持ち込み禁止です。**
   なま も こ きんし
   na.ma.mo.no wa mo.chi.ko.mi ki.n.shi de.su
   生鮮食品禁止攜入。

偽ブランド品は持ち込み禁止です。

ni.se bu.ra.n.do.hi.n wa mo.chi.ko.mi ki.n.shi de.su

假的名牌禁止攜入。

你也可以這樣說

それはウーロン茶です。

so.re wa u.u.ro.n.cha de.su

那是烏龍茶。

それはからすみです。

so.re wa ka.ra.su.mi de.su

那是烏魚子。

それは漢方薬です。

so.re wa ka.n.po.o.ya.ku de.su

那是中藥。

それは月餅です。

so.re wa ge.p.pe.e de.su

那是月餅。

それはドライフルーツです。

so.re wa do.ra.i.fu.ru.u.tsu de.su

那是水果乾。

それはパイナップルケーキです。

so.re wa pa.i.na.p.pu.ru.ke.e.ki de.su

那是鳳梨酥。

それはすいかの種です。

so.re wa su.i.ka no ta.ne de.su

那是瓜子。

04 両替所で
りょうがえじょ
ryo.o.ga.e.jo de
在貨幣兌換處

導遊教你說

1

小銭を混ぜてください。
こぜに　ま
ko.ze.ni o ma.ze.te ku.da.sa.i
請摻雜小鈔。

2

少々お待ちください。
しょうしょう　ま
sho.o.sho.o o ma.chi ku.da.sa.i
請稍等。

3

古い１万円札は使えますか。
ふる　いちまんえんさつ　つか
fu.ru.i i.chi.ma.n.e.n.sa.tsu wa tsu.ka.e.ma.su ka
舊的一萬日圓紙鈔可以用嗎？

4

もちろんだいじょうぶですよ。
mo.chi.ro.n da.i.jo.o.bu de.su yo
當然可以啊！

5

そのお金は取り扱っていません。
かね　と　あつか
so.no o ka.ne wa to.ri.a.tsu.ka.t.te i.ma.se.n
那種貨幣（我們這邊）沒有受理。

6

外貨両替業務は午後6時までとなって
おります。

ga.i.ka.ryo.o.ga.e.gyo.o.mu wa go.go ro.ku.ji
ma.de to na.t.te o.ri.ma.su

外幣兌換業務到下午六點。

這樣說 1

台湾ドルを日本円に替えてもらえますか。

ta.i.wa.n.do.ru o ni.ho.n.e.n ni ka.e.te
mo.ra.e.ma.su ka

可以把台幣兌換成日圓嗎？

這樣說 2

米ドルを日本円に替えてもらえますか。

be.e.do.ru o ni.ho.n.e.n ni ka.e.te
mo.ra.e.ma.su ka

可以把美元兌換成日圓嗎？

這樣說 3

中国元を日本円に替えてもらえますか。

chu.u.go.ku.ge.n o ni.ho.n.e.n ni ka.e.te
mo.ra.e.ma.su ka

可以把人民幣兌換成日圓嗎？

香港ドルを日本円に替えてもらえますか。
ho.n.ko.n.do.ru o ni.ho.n.e.n ni ka.e.te
mo.ra.e.ma.su ka

可以把港幣兌換成日圓嗎？

タイバーツを日本円に替えてもらえますか。
ta.i.ba.a.tsu o ni.ho.n.e.n ni ka.e.te
mo.ra.e.ma.su ka

可以把泰銖兌換成日圓嗎？

ユーロを日本円に替えてもらえますか。
yu.u.ro o ni.ho.n.e.n ni ka.e.te mo.ra.e.ma.su ka

可以把歐元兌換成日圓嗎？

カナダドルを日本円に替えてもらえますか。
ka.na.da.do.ru o ni.ho.n.e.n ni ka.e.te
mo.ra.e.ma.su ka

可以把加拿大幣兌換成日圓嗎？

すてきなところですね。

su.te.ki.na to.ko.ro de.su ne

很棒的地方耶！

Chapter ③

→ こう つう
交通 交通

準備篇
機場篇
交通篇
住宿篇
用餐篇
觀光篇
購物篇
困擾篇

導遊教你說

1

すみません。
su.mi.ma.se.n
不好意思。

2

<ruby>秋葉原<rt>あきはばら</rt></ruby>に<ruby>行<rt>い</rt></ruby>きたいんですが……。
a.ki.ha.ba.ra ni i.ki.ta.i n de.su ga
（我）想去秋葉原……。

3

<ruby>山手線<rt>やまのてせん</rt></ruby>は<ruby>何番<rt>なんばん</rt></ruby>ホームですか。
ya.ma.no.te.se.n wa na.n.ba.n ho.o.mu de.su ka
山手線在第幾月台呢？

4

<ruby>新宿<rt>しんじゅく</rt></ruby>までは<ruby>乗<rt>の</rt></ruby>り<ruby>換<rt>か</rt></ruby>えが<ruby>必要<rt>ひつよう</rt></ruby>ですか。
shi.n.ju.ku ma.de wa no.ri.ka.e ga hi.tsu.yo.o de.su ka
到新宿要轉乘嗎？

你也可以這樣說

這樣說 1

かいさつぐち
改札口はどこですか。

ka.i.sa.tsu.gu.chi wa do.ko de.su ka

剪票口在哪裡呢？

這樣說 2

きっ ぷ う ば
切符売り場はどこですか。

ki.p.pu.u.ri.ba wa do.ko de.su ka

售票處在哪裡呢？

這樣說 3

まどぐち
みどりの窓口はどこですか。

mi.do.ri no ma.do.gu.chi wa do.ko de.su ka

綠色窗口在哪裡呢？

這樣說 4

あんないじょ
案内所はどこですか。

a.n.na.i.jo wa do.ko de.su ka

詢問處在哪裡呢？

這樣說 5

せいさん き
精算機はどこですか。

se.e.sa.n.ki wa do.ko de.su ka

補票機在哪裡呢？

プラットホームはどこですか。

pu.ra.t.to.ho.o.mu wa do.ko de.su ka

月台在哪裡呢？

キヨスクはどこですか。

ki.yo.su.ku wa do.ko de.su ka

月台上的小賣店在哪裡呢？

02 切符売り場で
きっ ぷ う ば
ki.p.pu.u.ri.ba de
在購票處

1

名古屋までの往復切符を１枚ください。
な ご や　　　おうふくきっ ぷ　　いちまい

na.go.ya ma.de no o.o.fu.ku.ki.p.pu o i.chi.ma.i ku.da.sa.i

請給我一張到名古屋的來回票。

2

名古屋までの往復切符を１枚ですね。
な ご や　　　おうふくきっ ぷ　　いちまい

na.go.ya ma.de no o.o.fu.ku.ki.p.pu o i.chi.ma.i de.su ne

一張到名古屋的來回票嗎？

3

かしこまりました。

ka.shi.ko.ma.ri.ma.shi.ta

知道了。

4

少々お待ちください。
しょうしょう　ま

sho.o.sho.o o ma.chi ku.da.sa.i

請稍等。

5

２８００円です。
にせんはっぴゃくえん

ni.se.n.ha.p.pya.ku.e.n de.su

是二千八百日圓。

いちまんにせんななひゃくはちじゅうえん
1万2７８０円になります。

6

i.chi.ma.n.ni.se.n.na.na.hya.ku.ha.chi.ju.u.e.n ni na.ri.ma.su

是一萬二千七百八十日圓。

いちまんごせんごひゃくななじゅうよえん
1万5５７４円になります。

7

i.chi.ma.n.go.se.n.go.hya.ku.na.na.ju.u.yo.e.n ni na.ri.ma.su

是一萬五千五百七十四日圓。

这樣說
1

じゆうせき　にまい
自由席を2枚ください。

ji.yu.u.se.ki o ni.ma.i ku.da.sa.i

請給我二張自由席（自由座）。

这樣說
2

してい せき　にまい
指定席を2枚ください。

shi.te.e.se.ki o ni.ma.i ku.da.sa.i

請給我二張指定席（對號座）。

这樣說
3

　　　　せき　にまい
グリーン席を2枚ください。

gu.ri.i.n.se.ki o ni.ma.i ku.da.sa.i

請給我二張綠席（商務艙）。

4

周遊券を2枚ください。
しゅうゆうけん　にまい

shu.u.yu.u.ke.n o ni.ma.i ku.da.sa.i

請給我二張周遊券。

5

一日券を2枚ください。
いちにちけん　にまい

i.chi.ni.chi.ke.n o ni.ma.i ku.da.sa.i

請給我二張一日券。

6

往復切符を2枚ください。
おうふくきっぷ　にまい

o.o.fu.ku.ki.p.pu o ni.ma.i ku.da.sa.i

請給我二張來回票。

7

片道切符を2枚ください。
かたみちきっぷ　にまい

ka.ta.mi.chi.ki.p.pu o ni.ma.i ku.da.sa.i

請給我二張單程票。

交通篇　在購票處

03 バスに乗る
ba.su ni no.ru
搭公車

導遊教你說

1
つぎ
次はどこですか。
tsu.gi wa do.ko de.su ka
下一站是哪裡呢？

2
あき は ばら
秋葉原です。
a.ki.ha.ba.ra de.su
秋葉原。

3
ふるほん や がい
古本屋街はまだですか。
fu.ru.ho.n.ya.ga.i wa ma.da de.su ka
舊書店街還沒到嗎？

4
もう過ぎましたよ。
mo.o su.gi.ma.shi.ta yo
已經過了喔。

5
えー、じゃ、次で降ろしてください。
e.e ja tsu.gi de o.ro.shi.te ku.da.sa.i
咦，那麼，請在下一站讓我下車。

6 横浜駅に着いたら教えてもらえますか。

yo.ko.ha.ma.e.ki ni tsu.i.ta.ra o.shi.e.te
mo.ra.e.ma.su ka

要是到了橫濱站，可以告訴我嗎？

交通篇 搭公車

這樣說 1

次で降ります。

tsu.gi de o.ri.ma.su

在下一站下車。

這樣說 2

ここで降ります。

ko.ko de o.ri.ma.su

在這裡下車。

這樣說 3

あそこで降ります。

a.so.ko de o.ri.ma.su

在那裡下車。

這樣說 4

2つ目で降ります。

fu.ta.tsu.me de o.ri.ma.su

在第二站下車。

這樣說
5

渋谷駅で降ります。

shi.bu.ya.e.ki de o.ri.ma.su

在澀谷車站下車。

這樣說
6

駅前で降ります。

e.ki.ma.e de o.ri.ma.su

在車站前面下車。

這樣說
7

デパート前で降ります。

de.pa.a.to.ma.e de o.ri.ma.su

在百貨公司前面下車。

04 地下鉄に乗る
chi.ka.te.tsu ni no.ru
搭地下鐵

(((MP3 40

導 遊教你說

1

次の駅で降りて、千代田線に乗り換えて
ください。

tsu.gi no e.ki de o.ri.te chi.yo.da.se.n ni
no.ri.ka.e.te ku.da.sa.i

請在下一站下車，換千代田線。

2

乗り換えは難しいですね。

no.ri.ka.e wa mu.zu.ka.shi.i de.su ne

轉車很難啊！

3

まもなく電車が参ります。

ma.mo.na.ku de.n.sha ga ma.i.ri.ma.su

電車馬上進站。

4

白線の内側までお下がりください。

ha.ku.se.n no u.chi.ga.wa ma.de o sa.ga.ri
ku.da.sa.i

請退到白線內側。

交通篇 搭地下鐵

127

危ないですよ。

⑤

a.bu.na.i de.su yo

很危險喔！

駅員さん、駅長室はどこですか。

⑥

e.ki.in sa.n e.ki.cho.o.shi.tsu wa do.ko de.su ka

站務員先生，請問站長的辦公室在哪裡呢？

這樣說
1

秋葉原へはどうやって行ったらいいですか。

a.ki.ha.ba.ra e wa do.o ya.t.te i.t.ta.ra i.i de.su ka

到秋葉原，要怎麼去比較好呢？

這樣說
2

銀座へはどうやって行ったらいいですか。

gi.n.za e wa do.o ya.t.te i.t.ta.ra i.i de.su ka

到銀座，要怎麼去比較好呢？

這樣說
3

赤坂へはどうやって行ったらいいですか。

a.ka.sa.ka e wa do.o ya.t.te i.t.ta.ra i.i de.su ka

到赤坂，要怎麼去比較好呢？

これ様說
4

原宿へはどうやって行ったらいいですか。
ha.ra.ju.ku e wa do.o ya.t.te i.t.ta.ra i.i de.su ka
到原宿，要怎麼去比較好呢？

這樣說
5

品川へはどうやって行ったらいいですか。
shi.na.ga.wa e wa do.o ya.t.te i.t.ta.ra i.i de.su ka
到品川，要怎麼去比較好呢？

這樣說
6

上野へはどうやって行ったらいいですか。
u.e.no e wa do.o ya.t.te i.t.ta.ra i.i de.su ka
到上野，要怎麼去比較好呢？

這樣說
7

横浜へはどうやって行ったらいいですか。
yo.ko.ha.ma e wa do.o ya.t.te i.t.ta.ra i.i de.su ka
到橫濱，要怎麼去比較好呢？

交通篇 搭地下鐵

129

05 タクシーに乗る
ta.ku.shi.i ni no.ru
搭計程車

導遊教你說

1

ワシントンホテルまでお願いします。

wa.shi.n.to.n.ho.te.ru ma.de o ne.ga.i shi.ma.su

麻煩到華盛頓飯店。

2

右手に見える大きな建物はなんですか。

mi.gi.te ni mi.e.ru o.o.ki.na ta.te.mo.no wa na.n
de.su ka

右手邊看得到的大型建築物是什麼呢？

3

表参道ヒルズです。

o.mo.te.sa.n.do.o.hi.ru.zu de.su

是表參道Hills。

4

すみません、ここで降ろしてください。

su.mi.ma.se.n ko.ko de o.ro.shi.te ku.da.sa.i

對不起，請讓我在這裡下車。

5

ちょっと気分が悪いので、止めてくれますか。

cho.t.to ki.bu.n ga wa.ru.i no.de to.me.te
ku.re.ma.su ka

因為有點不舒服，可以幫我停車嗎？

6

乗り物酔いしたみたいです。

no.ri.mo.no.yo.i.shi.ta mi.ta.i de.su

好像暈車了的樣子。

 7

日本のタクシーは値段が高いです。

ni.ho.n no ta.ku.shi.i wa ne.da.n ga ta.ka.i de.su

日本計程車價錢很高。

交通篇 搭計程車

這樣說 **1**

新宿駅までお願いします。

shi.n.ju.ku.e.ki ma.de o ne.ga.i shi.ma.su

麻煩到新宿車站。

這樣說 **2**

東京ドームまでお願いします。

to.o.kyo.o.do.o.mu ma.de o ne.ga.i shi.ma.su

麻煩到東京巨蛋。

這樣說 **3**

六本木ヒルズまでお願いします。

ro.p.po.n.gi.hi.ru.zu ma.de o ne.ga.i shi.ma.su

麻煩到六本木Hills。

131

これ様説
4

浅草寺までお願いします。

se.n.so.o.ji ma.de o ne.ga.i shi.ma.su

麻煩到淺草寺。

これ様説
5

東京タワーまでお願いします。

to.o.kyo.o.ta.wa.a ma.de o ne.ga.i shi.ma.su

麻煩到東京鐵塔。

これ様説
6

表参道までお願いします。

o.mo.te.sa.n.do.o ma.de o ne.ga.i shi.ma.su

麻煩到表參道。

これ様説
7

築地までお願いします。

tsu.ki.ji ma.de o ne.ga.i shi.ma.su

麻煩到築地。

06 客船に乗る
きゃくせん の
kya.ku.se.n ni no.ru
搭觀光船

クルーズ客船の中で食事ができますか。

ku.ru.u.zu.kya.ku.se.n no na.ka de sho.ku.ji ga
de.ki.ma.su ka

觀光客船裡可以用餐嗎？

はい、できます。

ha.i de.ki.ma.su

是的，可以。

ほかにゲームなどもお楽しみいただけます。
たの

ho.ka ni ge.e.mu na.do mo o ta.no.shi.mi
i.ta.da.ke.ma.su

其他還可以玩遊戲等等。

そうですか。いくらですか。

so.o de.su ka i.ku.ra de.su ka

那樣啊！要多少錢呢？

5

<ruby>夜<rt>よる</rt></ruby>のコースですと、お1<ruby>人<rt>ひとり</rt></ruby><ruby>様<rt>さま</rt></ruby>8９８0<ruby>円<rt>はっせんきゅうひゃくはちじゅうえん</rt></ruby>になります。

yo.ru no ko.o.su de.su to o hi.to.ri sa.ma ha.s.se.n.kyu.u.hya.ku.ha.chi.ju.u.e.n ni na.ri.ma.su

夜晚行程的話，一個人八千九百八十日圓。

6

じゃ、<ruby>大人<rt>おとな</rt></ruby>2<ruby>人<rt>ふたり</rt></ruby>と<ruby>子供<rt>こども</rt></ruby>2<ruby>人<rt>ふたり</rt></ruby>で。

ja o.to.na fu.ta.ri to ko.do.mo fu.ta.ri de

那麼，二個大人和二個小孩。

這樣說 1

<ruby>中<rt>なか</rt></ruby>で<ruby>食事<rt>しょくじ</rt></ruby>ができます。

na.ka de sho.ku.ji ga de.ki.ma.su

裡面可以用餐。

這樣說 2

<ruby>中<rt>なか</rt></ruby>でパーティーができます。

na.ka de pa.a.ti.i ga de.ki.ma.su

裡面可以宴會。

這樣說
3

中で結婚式ができます。

na.ka de ke.k.ko.n.shi.ki ga de.ki.ma.su

裡面可以（舉辦）結婚典禮。

這樣說
4

中でギャンブルができます。

na.ka de gya.n.bu.ru ga de.ki.ma.su

裡面可以賭博。

這樣說
5

中でダンスができます。

na.ka de da.n.su ga de.ki.ma.su

裡面可以跳舞。

這樣說
6

中で宿泊ができます。

na.ka de shu.ku.ha.ku ga de.ki.ma.su

裡面可以住宿。

這樣說
7

中で会議ができます。

na.ka de ka.i.gi ga de.ki.ma.su

裡面可以開會。

ここはどこですか。
ko.ko wa do.ko de.su ka
這裡是哪裡呢？

Chapter ④

→ しゅく はく
宿泊 住宿

準備篇

機場篇

交通篇

住宿篇

用餐篇

觀光篇

購物篇

困擾篇

01 チェックインする
che.k.ku.i.n.su.ru
辦理住宿

MP3 43

導遊教你說

1

チェックインをお願いします。
che.k.ku.i.n o o ne.ga.i shi.ma.su
麻煩我要辦理住宿。

2

チェックインしたいんですが……。
che.k.ku.i.n.shi.ta.i n de.su ga
我想要辦理住宿……。

3

お名前をいただけますか。
o na.ma.e o i.ta.da.ke.ma.su ka
能告訴我大名嗎？

4

かしこまりました。
ka.shi.ko.ma.ri.ma.shi.ta
了解了。

5

少々お待ちください。
sho.o.sho.o o ma.chi ku.da.sa.i
請稍等。

こちらにお名前をご記入いただけますか。

ko.chi.ra ni o na.ma.e o go ki.nyu.u
i.ta.da.ke.ma.su ka

可以在這裡寫下您的大名嗎？

你也可以這樣說

這樣說 1

台湾の張と申します。

ta.i.wa.n no cho.o to mo.o.shi.ma.su

我來自台灣，敝姓張。

這樣說 2

台湾の李と申します。

ta.i.wa.n no ri to mo.o.shi.ma.su

我來自台灣，敝姓李。

這樣說 3

台湾の王と申します。

ta.i.wa.n no o.o to mo.o.shi.ma.su

我來自台灣，敝姓王。

這樣說 4

台湾の呉と申します。

ta.i.wa.n no go to mo.o.shi.ma.su

我來自台灣，敝姓吳。

住宿篇　辦理住宿

139

這樣說 5

台湾の林と申します。
ta.i.wa.n no ri.n to mo.o.shi.ma.su

我來自台灣，敝姓林。

這樣說 6

台湾の葉と申します。
ta.i.wa.n no yo.o to mo.o.shi.ma.su

我來自台灣，敝姓葉。

這樣說 7

台湾の黄と申します。
ta.i.wa.n no ko.o to mo.o.shi.ma.su

我來自台灣，敝姓黃。

02 フロントで
fu.ro.n.to de
在櫃檯

導遊教你說

1
部屋の希望があるんですが、いいですか。
he.ya no ki.bo.o ga a.ru n de.su ga i.i de.su ka
我有想要的房間，不知道可以嗎？

2
はい、どのようなお部屋をご希望ですか。
ha.i do.no yo.o.na o he.ya o go ki.bo.o de.su ka
好的，想要什麼樣的房間呢？

3
コーヒーのサービスがございます。
ko.o.hi.i no sa.a.bi.su ga go.za.i.ma.su
可以免費喝咖啡。

4
お部屋をご覧になりますか。
o he.ya o go ra.n ni na.ri.ma.su ka
您要看一下房間嗎？

5
そうですね、見せていただけると助かります。
so.o de.su ne mi.se.te i.ta.da.ke.ru to
ta.su.ka.ri.ma.su
是啊，如果可以（讓我）看一下，就太好了。

6

ご満足いただけると思いますよ。
go ma.n.zo.ku i.ta.da.ke.ru to o.mo.i.ma.su yo
相信（您）一定會很滿意的喔！

你也可以這樣說

這樣說 1

ファミリータイプの部屋をお願いします。
fa.mi.ri.i.ta.i.pu no he.ya o o ne.ga.i shi.ma.su
請給我家庭式的房間。

這樣說 2

景色のいい部屋をお願いします。
ke.shi.ki no i.i he.ya o o ne.ga.i shi.ma.su
請給我風景好的房間。

這樣說 3

海が見える部屋をお願いします。
u.mi ga mi.e.ru he.ya o o ne.ga.i shi.ma.su
請給我看得到海的房間。

這樣說 4

静かな部屋をお願いします。
shi.zu.ka.na he.ya o o ne.ga.i shi.ma.su
請給我安靜的房間。

這樣說
5

日当たりのいい部屋をお願いします。

hi.a.ta.ri no i.i he.ya o o ne.ga.i shi.ma.su

請給我採光好的房間。

這樣說
6

5階から上の部屋をお願いします。

go.ka.i ka.ra u.e no he.ya o o ne.ga.i shi.ma.su

請給我五樓以上的房間。

這樣說
7

夜景がよく見える部屋をお願いします。

ya.ke.e ga yo.ku mi.e.ru he.ya o o ne.ga.i
shi.ma.su

請給我可以清楚看到夜景的房間。

住宿篇 在櫃檯

143

導遊教你說

1

ななかい
7階です。
na.na.ka.i de.su
七樓。

2

おくじょう せっち
屋上に設置されています。
o.ku.jo.o ni se.c.chi.sa.re.te i.ma.su
設置在屋頂上。

3

ちか いっかい お
エレベーターで地下1階まで下りてください。
e.re.be.e.ta.a de chi.ka i.k.ka.i ma.de o.ri.te
ku.da.sa.i
請搭乘電梯往下搭到地下一樓。

4

にじゅうよ じ かん り よう
24時間利用できますか。
ni.ju.u.yo.ji.ka.n ri.yo.o de.ki.ma.su ka
二十四小時都可以使用嗎?

5

じゅうに じ
いいえ、12時までのオープンです。
i.i.e ju.u.ni.ji ma.de no o.o.pu.n de.su
不是,是開到十二點。

144

そうですか。どうも。
so.o de.su ka do.o.mo
那樣啊。謝謝。

你也可以這樣說

這樣說 1

レストランは何階にありますか。
re.su.to.ra.n wa na.n.ga.i ni a.ri.ma.su ka
餐廳在幾樓呢？

這樣說 2

売店は何階にありますか。
ba.i.te.n wa na.n.ga.i ni a.ri.ma.su ka
販賣店在幾樓呢？

這樣說 3

プールは何階にありますか。
pu.u.ru wa na.n.ga.i ni a.ri.ma.su ka
游泳池在幾樓呢？

這樣說 4

大浴場は何階にありますか。
da.i.yo.ku.jo.o wa na.n.ga.i ni a.ri.ma.su ka
大浴場在幾樓呢？

コインランドリーは何階にありますか。

ko.i.n.ra.n.do.ri.i wa na.n.ga.i ni a.ri.ma.su ka

投幣式自動洗衣店在幾樓呢？

フィットネスクラブは何階にありますか。

fi.t.to.ne.su.ku.ra.bu wa na.n.ga.i ni a.ri.ma.su ka

健身房在幾樓呢？

カラオケルームは何階にありますか。

ka.ra.o.ke.ru.u.mu wa na.n.ga.i ni a.ri.ma.su ka

卡拉OK室在幾樓呢？

04 ルームサービスを頼む

ru.u.mu.sa.a.bi.su o ta.no.mu

要求客房服務

導遊教你說

1

明日、7時にモーニングコールを
お願いしたいんですが……。

a.shi.ta shi.chi.ji ni mo.o.ni.n.gu.ko.o.ru o
o ne.ga.i shi.ta.i n de.su ga

明天七點想要Morning Call……。

2

7時ですね。

shi.chi.ji de.su ne

是七點，對不對。

3

それと部屋のヒーターが効かないんです
が……。

so.re to he.ya no hi.i.ta.a ga ki.ka.na.i n de.su ga

還有房間的暖氣不能運轉……。

4

失礼しました。

shi.tsu.re.e.shi.ma.shi.ta

很抱歉。

今すぐ係りのものを修理に伺わせます。

⑤

i.ma su.gu ka.ka.ri no mo.no o shu.u.ri ni u.ka.ga.wa.se.ma.su

現在馬上叫工作人員去修理。

インターネットを使いたいんですが……。

⑥

i.n.ta.a.ne.t.to o tsu.ka.i.ta.i n de.su ga

我想要用網路……。

你也可以這樣說

這樣說
1

モーニングコールをお願いしたいんですが……。

mo.o.ni.n.gu.ko.o.ru o o ne.ga.i shi.ta.i n de.su ga

我想要Morning Call……。

這樣說
2

クリーニングをお願いしたいんですが……。

ku.ri.i.ni.n.gu o o ne.ga.i shi.ta.i n de.su ga

我想要送洗衣服……。

這樣說
3

氷をお願いしたいんですが……。

ko.o.ri o o ne.ga.i shi.ta.i n de.su ga

我想要冰塊……。

飲みものをお願いしたいんですが……。

no.mi.mo.no o o ne.ga.i shi.ta.i n de.su ga

我想要飲料……。

タクシーの手配をお願いしたいんですが……。

ta.ku.shi.i no te.ha.i o o ne.ga.i shi.ta.i n de.su ga

我想要叫計程車……。

クーラーの修理をお願いしたいんですが……。

ku.u.ra.a no shu.u.ri o o ne.ga.i shi.ta.i n de.su ga

我想要修理冷氣機……。

シーツの取り替えをお願いしたいんですが……。

shi.i.tsu no to.ri.ka.e o o ne.ga.i shi.ta.i n de.su ga

我想要換床單……。

高級ワインをお願いしたいんですが……。

ko.o.kyu.u wa.i.n o o ne.ga.i shi.ta.i n de.su ga

我想要高級紅酒……。

ゆっくり休（やす）みましょう。
yu.k.ku.ri ya.su.mi.ma.sho.o
好好休息吧！

Chapter ⑤

→ # しょくじ
食事 用餐

01 ラーメン屋で

ra.a.me.n.ya de

在拉麵店

導遊教你說

味噌ラーメンを１つください。

mi.so.ra.a.me.n o hi.to.tsu ku.da.sa.i

請給我一碗味噌拉麵。

1

味噌ラーメンはありません。

mi.so.ra.a.me.n wa a.ri.ma.se.n

沒有味噌拉麵。

2

ねぎは入れないでください。

ne.gi wa i.re.na.i.de ku.da.sa.i

請不要加蔥。

3

今すぐ作り替えます。

i.ma su.gu tsu.ku.ri.ka.e.ma.su

現在立刻重做一碗。

4

太麺でお願いします。

fu.to.me.n de o ne.ga.i shi.ma.su

麻煩要粗麵。

5

6

ほそめん
細麺でお願いします。

ho.so.me.n de o ne.ga.i shi.ma.su

麻煩要細麵。

7

みず いっぱい
水をもう1杯ください。

mi.zu o mo.o i.p.pa.i ku.da.sa.i

請再給我一杯水。

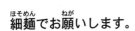

これ 1
様說

すこ
少ししょっぱいんですが……。

su.ko.shi sho.p.pa.i n de.su ga

有點鹹……。

これ 2
樣說

すこ
少しすっぱいんですが……。

su.ko.shi su.p.pa.i n de.su ga

有點酸……。

これ 3
樣說

すこ あま
少し甘いんですが……。

su.ko.shi a.ma.i n de.su ga

有點甜……。

這樣說 4

<ruby>少<rt>すこ</rt></ruby>し<ruby>濃<rt>こ</rt></ruby>いんですが……。

su.ko.shi ko.i n de.su ga

有點濃……。

這樣說 5

<ruby>少<rt>すこ</rt></ruby>し<ruby>辛<rt>から</rt></ruby>いんですが……。

su.ko.shi ka.ra.i n de.su ga

有點辣……。

這樣說 6

<ruby>少<rt>すこ</rt></ruby>し<ruby>苦<rt>にが</rt></ruby>いんですが……。

su.ko.shi ni.ga.i n de.su ga

有點苦……。

這樣說 7

<ruby>少<rt>すこ</rt></ruby>し<ruby>薄<rt>うす</rt></ruby>いんですが……。

su.ko.shi u.su.i n de.su ga

有點淡……。

02 レストランで
re.su.to.ra.n de
在餐廳

導遊教你說

1
ご注文はお決まりですか。
go chu.u.mo.n wa o ki.ma.ri de.su ka
決定點什麼了嗎？

2
明太子スパゲッティをセットで。
me.n.ta.i.ko.su.pa.ge.t.ti o se.t.to de
（我要）明太子義大利麵套餐。

3
Aセットにはサラダがつきます。
e.e se.t.to ni wa sa.ra.da ga tsu.ki.ma.su
A套餐附沙拉。

4
サラダのドレッシングは何になさいますか。
sa.ra.da no do.re.s.shi.n.gu wa na.n ni
na.sa.i.ma.su ka
要什麼沙拉醬呢？

5
サウザンアイランドで。
sa.u.za.n.a.i.ra.n.do de
要千島醬。

6

和風ドレッシングで。
wa.fu.u.do.re.s.shi.n.gu de
要和風醬。

7

コーヒーは無料でおかわりできます。
ko.o.hi.i wa mu.ryo.o de o.ka.wa.ri de.ki.ma.su
咖啡可以免費續杯。

你也可以這樣說

這樣說 1

Bセットにはスープがつきます。
bi.i se.t.to ni wa su.u.pu ga tsu.ki.ma.su
B套餐附湯。

這樣說 2

Bセットにはフルーツがつきます。
bi.i se.t.to ni wa fu.ru.u.tsu ga tsu.ki.ma.su
B套餐附水果。

這樣說 3

Bセットにはサラダがつきます。
bi.i se.t.to ni wa sa.ra.da ga tsu.ki.ma.su
B套餐附沙拉。

這樣說
4

Bセットにはデザートがつきます。

bi.i se.t.to ni wa de.za.a.to ga tsu.ki.ma.su

B套餐附甜點。

這樣說
5

Bセットにはドリンクがつきます。

bi.i se.t.to ni wa do.ri.n.ku ga tsu.ki.ma.su

B套餐附飲料。

這樣說
6

Bセットにはおまけのおもちゃがつきます。

bi.i se.t.to ni wa o.ma.ke no o.mo.cha ga
tsu.ki.ma.su

B套餐附贈品玩具。

這樣說
7

Bセットには和菓子がつきます。

bi.i se.t.to ni wa wa.ga.shi ga tsu.ki.ma.su

B套餐附和風點心。

用餐篇 在餐廳

(((MP3 49

導遊教你說

とうてん
当店のてんぷらはいかがですか。
1
to.o.te.n no te.n.pu.ra wa i.ka.ga de.su ka
我們店裡的天婦羅，覺得怎麼樣呢？

わ ふう
和風サラダはいかがですか。
2
wa.fu.u.sa.ra.da wa i.ka.ga de.su ka
和風沙拉，覺得怎麼樣呢？

くち あ
さっぱりしていてわたしの口に合います。
3
sa.p.pa.ri.shi.te i.te wa.ta.shi no ku.chi ni a.i.ma.su
清清爽爽地，很合我的胃口。

それはよかったです。
4
so.re wa yo.ka.t.ta de.su
那太好了。

の   は け
飲みすぎて、吐き気がするんですが……。
5
no.mi.su.gi.te ha.ki.ke ga su.ru n de.su ga
喝太多，想吐……。

サワーなら何杯でも飲めます。

sa.wa.a na.ra na.n.ba.i de.mo no.me.ma.su

沙瓦（汽泡果汁酒）的話，幾杯都喝得下。

你也可以這樣說

さくさくしていておいしいです。

sa.ku.sa.ku.shi.te i.te o.i.shi.i de.su

酥酥脆脆地很好吃。

ぱりぱりしていておいしいです。

pa.ri.pa.ri.shi.te i.te o.i.shi.i de.su

脆脆地很好吃。

ぷりぷりしていておいしいです。

pu.ri.pu.ri.shi.te i.te o.i.shi.i de.su

QQ地很好吃。

しっとりしていておいしいです。

shi.t.to.ri.shi.te i.te o.i.shi.i de.su

綿綿地很好吃。

用餐篇　在居酒屋

159

こってりしていておいしいです。
ko.t.te.ri.shi.te i.te o.i.shi.i de.su
濃濃地很好吃。

ふんわりしていておいしいです。
fu.n.wa.ri.shi.te i.te o.i.shi.i de.su
鬆鬆軟軟地很好吃。

さっぱりしていておいしいです。
sa.p.pa.ri.shi.te i.te o.i.shi.i de.su
清清爽爽地很好吃。

04 寿司屋で
su.shi.ya de
在壽司店

導 遊教你說

① 何になさいますか。
na.n ni na.sa.i.ma.su ka
請問要什麼呢？

② 大将、今日は何がおいしいですか。
ta.i.sho.o kyo.o wa na.ni ga o.i.shi.i de.su ka
老闆，今天有什麼好吃的呢？

③ まずは中トロと鉄火巻きをください。
ma.zu wa chu.u.to.ro to te.k.ka.ma.ki o ku.da.sa.i
請先給我中腹和鮪魚海苔捲。

④ 中トロはサビ抜きでお願いします。
chu.u.to.ro wa sa.bi nu.ki de o ne.ga.i shi.ma.su
麻煩中腹不要放芥末。

⑤ 今日は鯛のおいしいのが入ってますよ。
kyo.o wa ta.i no o.i.shi.i no ga ha.i.t.te.ma.su yo
今天有進好吃的鯛魚喔！

6

お茶のおかわりをください。

o cha no o.ka.wa.ri o ku.da.sa.i

請再給我一杯茶。

這樣說 1

ウニとトロをください。

u.ni to to.ro o ku.da.sa.i

請給我海膽和鮪魚腹。

這樣說 2

海老とトロをください。

e.bi to to.ro o ku.da.sa.i

請給我蝦和鮪魚腹。

這樣說 3

蛸とトロをください。

ta.ko to to.ro o ku.da.sa.i

請給我章魚和鮪魚腹。

這樣說 4

イクラとトロをください。

i.ku.ra to to.ro o ku.da.sa.i

請給我鮭魚子和鮪魚腹。

穴子とトロをください。

a.na.go to to.ro o ku.da.sa.i

請給我星鰻和鮪魚腹。

玉子焼きとトロをください。

ta.ma.go.ya.ki to to.ro o ku.da.sa.i

請給我玉子燒和鮪魚腹。

イカとトロをください。

i.ka to to.ro o ku.da.sa.i

請給我花枝和鮪魚腹。

05 割烹屋で
かっ ぽう や

ka.p.po.o.ya de

在日本料理店

導遊教你說

1

本日のおすすめは何ですか。
ほんじつ　　　　　　　　　　　　　なん

ho.n.ji.tsu no o.su.su.me wa na.n de.su ka

今天推薦的是什麼呢？

2

今日は新鮮で甘みのある平目が入ってますよ。
きょう　　しんせん　　あま　　　　　　　ひら め　　はい

kyo.o wa shi.n.se.n de a.ma.mi no a.ru hi.ra.me ga
ha.i.t.te.ma.su yo

今天進了新鮮甘甜的比目魚喔！

3

刺身で食べると最高です。
さし み　　た　　　　　　さいこう

sa.shi.mi de ta.be.ru to sa.i.ko.o de.su

做成生魚片來吃的話很棒。

4

焼いてもとてもおいしいですよ。
や

ya.i.te mo to.te.mo o.i.shi.i de.su yo

烤的也很好吃喔！

5

日本酒を熱燗で。
に ほんしゅ　　あつかん

ni.ho.n.shu o a.tsu.ka.n de

日本酒要燙的。

⁶

日本酒_{にほんしゅ}を冷_ひやで。

ni.ho.n.shu o hi.ya de

日本酒要冰的。

這樣說 1

分_わけて食_たべたいんですが……。

wa.ke.te ta.be.ta.i n de.su ga

想分著吃……。

這樣說 2

焼_やいて食_たべたいんですが……。

ya.i.te ta.be.ta.i n de.su ga

想烤來吃……。

這樣說 3

生_{なま}で食_たべたいんですが……。

na.ma de ta.be.ta.i n de.su ga

想生著吃……。

這樣說 4

スープにして食_たべたいんですが……。

su.u.pu ni shi.te ta.be.ta.i n de.su ga

想做成湯來吃……。

用餐篇 在日本料理店

165

情境說 5

<ruby>6<rt>ろくにん</rt></ruby>人で<ruby>食<rt>た</rt></ruby>べたいんですが……。

ro.ku.ni.n de ta.be.ta.i n de.su ga

想六個人吃……。

情境說 6

<ruby>蒸<rt>む</rt></ruby>して<ruby>食<rt>た</rt></ruby>べたいんですが……。

mu.shi.te ta.be.ta.i n de.su ga

想蒸來吃……。

情境說 7

<ruby>温<rt>あたた</rt></ruby>かくして<ruby>食<rt>た</rt></ruby>べたいんですが……。

a.ta.ta.ka.ku shi.te ta.be.ta.i n de.su ga

想溫熱來吃……。

06 屋台で
や たい

ya.ta.i de

在路邊攤

1
いらっしゃい。
i.ra.s.sha.i
歡迎！

2
あいよ！
a.i yo
沒問題。（「あいよ」為「はい」粗魯、豪放的說法）

3
それからちゃんぽん麺と焼きおにぎりも
めん　　　　　 や
ください。
so.re.ka.ra cha.n.po.n.me.n to ya.ki.o.ni.gi.ri mo
ku.da.sa.i
然後，也請給我什錦麵和烤飯糰。

用餐篇

在路邊攤

這樣說
1
まずはビールちょうだい。
ma.zu wa bi.i.ru cho.o.da.i
先來啤酒。

情境說
2

まずはウーロン茶ちょうだい。

ma.zu wa u.u.ro.n.cha cho.o.da.i

先來烏龍茶。

情境說
3

まずは焼きおにぎりちょうだい。

ma.zu wa ya.ki.o.ni.gi.ri cho.o.da.i

先來烤飯糰。

情境說
4

まずはおでんちょうだい。

ma.zu wa o.de.n cho.o.da.i

先來關東煮。

情境說
5

まずはお茶漬けちょうだい。

ma.zu wa o.cha.zu.ke cho.o.da.i

先來茶泡飯。

情境說
6

まずはちゃんぽん麺ちょうだい。

ma.zu wa cha.n.po.n.me.n cho.o.da.i

先來什錦麵。

まずは焼酎ちょうだい。

ma.zu wa sho.o.chu.u cho.o.da.i

先來燒酒。

用餐篇 在路邊攤

07 ファーストフード店で
fa.a.su.to.fu.u.do.te.n de
在速食店

導遊教你說

1

ご注文は。
go chu.u.mo.n wa
請問要點什麼？

2

ドリンクは何になさいますか。
do.ri.n.ku wa na.n ni na.sa.i.ma.su ka
飲料要什麼呢？

3

ホットコーヒーをください。
ho.t.to ko.o.hi.i o ku.da.sa.i
請給我熱咖啡。

4

ファーストフードは安くて手軽なので好きです。
fa.a.su.to.fu.u.do wa ya.su.ku.te te.ga.ru.na no.de
su.ki de.su
速食又便宜又方便，所以我很喜歡。

5

新商品はありますか。
shi.n.sho.o.hi.n wa a.ri.ma.su ka
有新產品嗎？

6

このおまけはもらえないんですか。

ko.no o.ma.ke wa mo.ra.e.na.i n de.su ka

這個贈品不能送我嗎？

7

先月から値上がりしたそうです。

se.n.ge.tsu ka.ra ne.a.ga.ri.shi.ta so.o de.su

據說從上個月開始漲價了。

ダブルチーズバーガーをポテトセットで。

da.bu.ru.chi.i.zu.ba.a.ga.a o po.te.to se.t.to de

給我雙層吉士漢堡搭配薯條套餐。

ビッグマックをポテトセットで。

bi.g.gu.ma.k.ku o po.te.to se.t.to de

給我大麥克搭配薯條套餐。

照り焼きバーガーをポテトセットで。

te.ri.ya.ki.ba.a.ga.a o po.te.to se.t.to de

給我照燒漢堡搭配薯條套餐。

用餐篇 在速食店

チキンバーガーをポテトセットで。

chi.ki.n.ba.a.ga.a o po.te.to se.t.to de

給我雞堡搭配薯條套餐。

フィレオフィッシュをポテトセットで。

fi.re.o.fi.s.shu o po.te.to se.t.to de

給我魚堡搭配薯條套餐。

ベーコンレタスバーガーをポテトセットで。

be.e.ko.n.re.ta.su.ba.a.ga.a o po.te.to se.t.to de

給我培根美生菜漢堡搭配薯條套餐。

チキンナゲットをポテトセットで。

chi.ki.n.na.ge.t.to o po.te.to se.t.to de

給我麥克雞塊搭配薯條套餐。

(((MP3 54

導遊教你說

1

ご注文はお決まりですか。
go chu.u.mo.n wa o ki.ma.ri de.su ka
決定點什麼了嗎？

2

2人前くらいです。
ni.ni.n.ma.e ku.ra.i de.su
大約二人份。

3

それとミノをそれぞれ1つずつお願いします。
so.re to mi.no o so.re.zo.re hi.to.tsu zu.tsu o ne.ga.i
shi.ma.su
麻煩給我那個和牛肚各一份。

4

べつの味のタレがありますか。
be.tsu no a.ji no ta.re ga a.ri.ma.su ka
有其他口味的醬嗎？

5

塩ダレもさっぱりしていて人気ですよ。
shi.o.da.re mo sa.p.pa.ri.shi.te i.te ni.n.ki de.su yo
鹽味的醬很清爽，也很受歡迎喔！

用餐篇

在烤肉店

173

6

わかめスープを４つ追加してください。

wa.ka.me.su.u.pu o yo.t.tsu tsu.i.ka.shi.te
ku.da.sa.i

請追加四份裙帶芽湯。

7

最後はやっぱり石焼ビビンバですよね。

sa.i.go wa ya.p.pa.ri i.shi.ya.ki.bi.bi.n.ba de.su
yo ne

最後還是要來份石鍋拌飯啊！

你也可以這樣說

這樣說
1

カルビの量はどれくらいですか。

ka.ru.bi no ryo.o wa do.re ku.ra.i de.su ka

牛五花的量，大約多少呢？

這樣說
2

ハラミの量はどれくらいですか。

ha.ra.mi no ryo.o wa do.re ku.ra.i de.su ka

腹胸肉的量，大約多少呢？

這樣說
3

ミノの量はどれくらいですか。

mi.no no ryo.o wa do.re ku.ra.i de.su ka

牛肚的量，大約多少呢？

豚ロースの量はどれくらいですか。

bu.ta.ro.o.su no ryo.o wa do.re ku.ra.i de.su ka

豬里肌的量，大約多少呢？

牛ロースの量はどれくらいですか。

gyu.u.ro.o.su no ryo.o wa do.re ku.ra.i de.su ka

牛里肌的量，大約多少呢？

塩タンの量はどれくらいですか。

shi.o.ta.n no ryo.o wa do.re ku.ra.i de.su ka

鹽味牛舌的量，大約多少呢？

レバーの量はどれくらいですか。

re.ba.a no ryo.o wa do.re ku.ra.i de.su ka

肝的量，大約多少呢？

用餐篇 在烤肉店

導遊教你說

1

横綱コースはどんな味のスープですか。
yo.ko.zu.na ko.o.su wa do.n.na a.ji no su.u.pu
de.su ka
横綱套餐是什麼味道的湯頭呢？

2

横綱コースは味噌味です。
yo.ko.zu.na ko.o.su wa mi.so a.ji de.su
横綱套餐是味噌味。

3

じゃ、この小結コースは。
ja ko.no ko.mu.su.bi ko.o.su wa
那麼，這個小結套餐呢？

4

小結コースはカレー味です。
ko.mu.su.bi ko.o.su wa ka.re.e a.ji de.su
小結套餐是咖哩味。

5

このお店は元横綱が開いたお店だそうです。
ko.no o mi.se wa mo.to yo.ko.zu.na ga hi.ra.i.ta
o mi.se da so.o de.su
據說這家店是原來的橫綱開的店。

食べすぎておなかが破裂しちゃいそうです。

6

ta.be.su.gi.te o.na.ka ga ha.re.tsu.shi.cha.i so.o
de.su

吃太飽，肚子好像快要爆開了。

冬はやっぱり鍋ですね。

7

fu.yu wa ya.p.pa.ri na.be de.su ne

冬天果然還是要火鍋啊！

你也可以這樣說

這樣說
1

大関コースは塩味です。

o.o.ze.ki ko.o.su wa shi.o a.ji de.su

大關套餐是鹽味。

這樣說
2

大関コースは赤味噌味です。

o.o.ze.ki ko.o.su wa a.ka.mi.so a.ji de.su

大關套餐是紅味噌味。

這樣說
3

大関コースは醤油味です。

o.o.ze.ki ko.o.su wa sho.o.yu a.ji de.su

大關套餐是醬油味。

這樣說
4

大関コースはキムチ味です。

o.o.ze.ki ko.o.su wa ki.mu.chi a.ji de.su

大關套餐是泡菜味。

這樣說
5

大関コースはホワイトソース味です。

o.o.ze.ki ko.o.su wa ho.wa.i.to.so.o.su a.ji de.su

大關套餐是白醬味。

這樣說
6

大関コースは白味噌味です。

o.o.ze.ki ko.o.su wa shi.ro.mi.so a.ji de.su

大關套餐是白味噌味。

這樣說
7

大関コースはカレー味です。

o.o.ze.ki ko.o.su wa ka.re.e a.ji de.su

大關套餐是咖哩味。

10 喫茶店で
きっさてん
ki.s.sa.te.n de
在咖啡廳

導遊教你說

お待たせしました。
ま
1　o ma.ta.se shi.ma.shi.ta
讓您久等了。

抹茶のかき氷でございます。
まっちゃ　　　ごおり
2　ma.c.cha no ka.ki.go.o.ri de go.za.i.ma.su
這是抹茶的剉冰。

今すぐご注文のものをもってきます。
いま　　　ちゅうもん
3　i.ma su.gu go chu.u.mo.n no mo.no o mo.t.te
ki.ma.su
您點的東西現在立刻送過來。

このマカロンはフランス直輸入なんですよ。
ちょくゆにゅう
4　ko.no ma.ka.ro.n wa fu.ra.n.su cho.ku.yu.nyu.u
na n de.su yo
這馬卡龍，是從法國直接進口的喔！

いい雰囲気のお店ですね。
ふんいき　　みせ
5　i.i fu.n.i.ki no o mi.se de.su ne
氣氛真好的店啊！

6

ウェイトレスさんがみんな可愛いですね。

we.e.to.re.su sa.n ga mi.n.na ka.wa.i.i de.su ne

女服務生全都好可愛喔！

這樣說 1

注文したのはかき氷なんですが……。

chu.u.mo.n.shi.ta no wa ka.ki.go.o.ri na n de.su ga

點的是剉冰……。

這樣說 2

注文したのはプリンなんですが……。

chu.u.mo.n.shi.ta no wa pu.ri.n na n de.su ga

點的是布丁……。

這樣說 3

注文したのはアイスクリームなんですが……。

chu.u.mo.n.shi.ta no wa a.i.su.ku.ri.i.mu na n de.su ga

點的是冰淇淋……。

這樣說 4

注文したのはパンナコッタなんですが……。

chu.u.mo.n.shi.ta no wa pa.n.na.ko.t.ta na n de.su ga

點的是義式奶酪……。

注文したのはチーズケーキなんですが……。

chu.u.mo.n.shi.ta no wa chi.i.zu.ke.e.ki na n de.su ga

點的是起士蛋糕……。

注文したのはチョコレートケーキなんですが……。

chu.u.mo.n.shi.ta no wa cho.ko.re.e.to.ke.e.ki na n de.su ga

點的是巧克力蛋糕……。

注文したのはティラミスなんですが……。

chu.u.mo.n.shi.ta no wa ti.ra.mi.su na n de.su ga

點的是提拉米蘇……。

用餐篇 在咖啡廳

とてもおいしいです。
to.te.mo o.i.shi.i de.su
非常好吃。

Chapter ⑥

→ ## 観光 観光
かん こう

準備篇

機場篇

交通篇

住宿篇

用餐篇

觀光篇

購物篇

困擾篇

01 富士山で
fu.ji.sa.n de
在富士山

ふじさん のぼ はじ
富士山に登るのは初めてです。

1

fu.ji.sa.n ni no.bo.ru no wa ha.ji.me.te de.su

這是我第一次爬富士山。

と ざんきゃく
登山客がずいぶんたくさんいるんですね。

2

to.za.n.kya.ku ga zu.i.bu.n ta.ku.sa.n i.ru n de.su
ne

登山客還真是多啊！

すみません、七合目まではあとどれくらい
ですか。

3

su.mi.ma.se.n na.na.go.o.me ma.de wa a.to do.re
ku.ra.i de.su ka

對不起，到七合目大概還要多久？（「合目」指的
是山高度的幾分之幾）

ごひゃく
500メートルぐらいかな。

4

go.hya.ku.me.e.to.ru gu.ra.i ka.na

大概五百公尺吧！

えー、まだそんなに遠いんですか。

e.e ma.da so.n.na ni to.o.i n de.su ka

咦～，還那麼遠啊？

もうすぐですよ。がんばってください。

mo.o.su.gu de.su yo ga.n.ba.t.te ku.da.sa.i

就快到囉！請加油！

思った以上に大変ですね。

o.mo.t.ta i.jo.o ni ta.i.he.n de.su ne

比想像中的還要累啊！

 你也可以這樣說

 這樣說 1

山頂まではあとどれくらいですか。

sa.n.cho.o ma.de wa a.to do.re ku.ra.i de.su ka

到山頂大概還要多久呢？

 這樣說 2

八合目まではあとどれくらいですか。

ha.chi.go.o.me ma.de wa a.to do.re ku.ra.i de.su ka

到八合目大概還要多久呢？

観光篇 在富士山

185

這樣說 3

山小屋まではあとどれくらいですか。

ya.ma.go.ya ma.de wa a.to do.re ku.ra.i de.su ka

到避難小屋大概還要多久呢？

這樣說 4

駐車場まではあとどれくらいですか。

chu.u.sha.jo.o ma.de wa a.to do.re ku.ra.i de.su ka

到停車場大概還要多久呢？

這樣說 5

六合目まではあとどれくらいですか。

ro.ku.go.o.me ma.de wa a.to do.re ku.ra.i de.su ka

到六合目大概還要多久呢？

這樣說 6

九合目まではあとどれくらいですか。

kyu.u.go.o.me ma.de wa a.to do.re ku.ra.i de.su ka

到九合目大概還要多久呢？

這樣說 7

レストハウスまではあとどれくらいですか。

re.su.to.ha.u.su ma.de wa a.to do.re ku.ra.i de.su ka

到休息處大概還要多久呢？

02 浅草寺で
せんそうじ

se.n.so.o.ji de

在淺草寺

導 遊教你說

1

手を叩いて参拝します。
て たた さんぱい

te o ta.ta.i.te sa.n.pa.i.shi.ma.su

拍手參拜。

2

神社では手を叩いてもいいですが、お寺では
じんじゃ て たた てら
いけません。

ji.n.ja de wa te o ta.ta.i.te mo i.i de.su ga o te.ra
de wa i.ke.ma.se.n

在神社拍手沒關係，但是在寺廟不可以。

3

知りませんでした。
し

shi.ri.ma.se.n.de.shi.ta

我都不知道。

4

雷門の前で記念撮影をしましょう。
かみなりもん まえ きねんさつえい

ka.mi.na.ri.mo.n no ma.e de ki.ne.n.sa.tsu.e.e o
shi.ma.sho.o

在雷門前拍紀念照吧！

5

なか み せ　　　　みやげ　　か
仲見世でお土産を買いましょう。

na.ka.mi.se de o mi.ya.ge o ka.i.ma.sho.o

在寺廟的商店街買土產吧！

6

ここのおみくじはよく当たるそうですよ。

ko.ko no o.mi.ku.ji wa yo.ku a.ta.ru so.o de.su yo

據說這裡的籤很準喔！

7

せんそう じ　　　　みやげ　　　　　　にんぎょう や
浅草寺のお土産といったら、人形焼き
ですね。

se.n.so.o.ji no o mi.ya.ge to i.tta.ra ni.n.gyo.o.ya.ki
de.su ne

說到淺草寺的土產，還是人形燒吧！（人形燒是外
形為人頭圖案、裡包紅豆餡的和風點心）

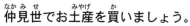

這樣說 1

て　　たた
手を叩いてはいけません。

te o ta.ta.i.te wa i.ke.ma.se.n

不可以拍手。

這樣說 2

なか　　はい
中に入ってはいけません。

na.ka ni ha.i.tte wa i.ke.ma.se.n

不可以進去裡面。

188

這樣說 3

食べものを食べてはいけません。
ta.be.mo.no o ta.be.te wa i.ke.ma.se.n
不可以吃東西。

這樣說 4

大声を出してはいけません。
o.o.go.e o da.shi.te wa i.ke.ma.se.n
不可以發出大的聲音。

這樣說 5

お地蔵さんを叩いてはいけません。
o.ji.zo.o.sa.n o ta.ta.i.te wa i.ke.ma.se.n
不可以敲打地藏王菩薩。

這樣說 6

お坊さんに触れてはいけません。
o.bo.o.sa.n ni fu.re.te wa i.ke.ma.se.n
不可以摸和尚。

這樣說 7

写真を撮ってはいけません。
sha.shi.n o to.t.te wa i.ke.ma.se.n
不可以拍照。

觀光篇　在淺草寺

導遊教你說

にゅうかんりょう
入館料はいくらですか。
1
nyu.u.ka.n.ryo.o wa i.ku.ra de.su ka
請問門票要多少錢呢？

おとな ろっぴゃくえん ちゅうがくせいいか むりょう
大人は６００円で、中学生以下は無料です。
2
o.to.na wa ro.p.pya.ku.e.n de chu.u.ga.ku.se.e i.ka wa mu.ryo.o de.su
大人六百日圓，中學生以下免費。

がいこく かた
ああ、外国の方ですね。
3
a.a ga.i.ko.ku no ka.ta de.su ne
啊，您是外國人啊！

えいご ちゅうごくご せつめいしょ
英語と中国語の説明書があります。
4
e.e.go to chu.u.go.ku.go no se.tsu.me.e.sho ga a.ri.ma.su
有英文和中文的說明書。

しろ とよとみひでよし きず
このお城は豊臣秀吉によって築かれました。
5
ko.no o shi.ro wa to.yo.to.mi hi.de.yo.shi ni yo.t.te ki.zu.ka.re.ma.shi.ta
這座城是豐臣秀吉所建造的。

たくさんの歴史（れきし）があるお城（しろ）なんですね。
ta.ku.sa.n no re.ki.shi ga a.ru o shi.ro na n de.su ne
是座有豐富歷史的城啊！

你也可以這樣說

 這樣說 1

写真（しゃしん）を撮（と）ってもらえませんか。
sha.shi.n o to.t.te mo.ra.e.ma.se.n ka
能不能幫我照相呢？

 這樣說 2

説明（せつめい）してもらえませんか。
se.tsu.me.e.shi.te mo.ra.e.ma.se.n ka
能不能幫我說明呢？

 這樣說 3

ここに書（か）いてもらえませんか。
ko.ko ni ka.i.te mo.ra.e.ma.se.n ka
能不能幫我寫在這裡呢？

 這樣說 4

道（みち）を案内（あんない）してもらえませんか。
mi.chi o a.n.na.i.shi.te mo.ra.e.ma.se.n ka
能不能幫我指引道路呢？

荷物を持って**もらえませんか**。

ni.mo.tsu o mo.t.te mo.ra.e.ma.se.n ka

能不能幫我拿行李呢？

英語で話して**もらえませんか**。

e.e.go de ha.na.shi.te mo.ra.e.ma.se.n ka

能不能用英文說呢？

ゆっくり話して**もらえませんか**。

yu.k.ku.ri ha.na.shi.te mo.ra.e.ma.se.n ka

能不能慢慢地說呢？

04 さっぽろ雪祭りで

sa.p.po.ro.yu.ki.ma.tsu.ri de

在札幌雪祭

 遊教你說

わー、すごいですね！

① wa.a su.go.i de.su ne

哇啊，好棒喔！

大きな雪像でしょう。

② o.o.ki.na se.tsu.zo.o de.sho.o

好大的冰雕對不對？

本当にきれいですね。

③ ho.n.to.o ni ki.re.e de.su ne

真的好漂亮哪！

雪が降ると寒いですが、好きです。

④ yu.ki ga fu.ru to sa.mu.i de.su ga su.ki de.su

下雪雖然很冷，但是我喜歡。

ホッカイロが 2 つじゃ足りません。

⑤ ho.k.ka.i.ro ga fu.ta.tsu ja ta.ri.ma.se.n

暖暖包二個的話不夠。

あの雪像はピラミッドですね。

6

a.no se.tsu.zo.o wa pi.ra.mi.d.do de.su ne

那座冰雕是金字塔耶！

来年もまた来たいです。

7

ra.i.ne.n mo ma.ta ki.ta.i de.su

明年也還想再來。

這樣說
1

今年はいつもより雪が多いそうです。

ko.to.shi wa i.tsu.mo yo.ri yu.ki ga o.o.i so.o de.su

今年比起往年，聽說雪比較多。

這樣說
2

今年はいつもより雪が少ないそうです。

ko.to.shi wa i.tsu.mo yo.ri yu.ki ga su.ku.na.i so.o de.su

今年比起往年，聽說雪比較少。

這樣說
3

今年はいつもより参加者が多いそうです。

ko.to.shi wa i.tsu.mo yo.ri sa.n.ka.sha ga o.o.i so.o de.su

今年比起往年，聽說參加者比較多。

今年はいつもより参加者が少ないそうです。

ko.to.shi wa i.tsu.mo yo.ri sa.n.ka.sha ga su.ku.na.i so.o de.su

今年比起往年，聽說參加者比較少。

今年はいつもより温かいそうです。

ko.to.shi wa i.tsu.mo yo.ri a.ta.ta.ka.i so.o de.su

今年比起往年，聽說比較溫暖。

今年はいつもより開催期間が長いそうです。

ko.to.shi wa i.tsu.mo yo.ri ka.i.sa.i ki.ka.n ga na.ga.i so.o de.su

今年比起往年，聽說舉辦期間比較長。

今年はいつもより寒いそうです。

ko.to.shi wa i.tsu.mo yo.ri sa.mu.i so.o de.su

今年比起往年，聽說比較冷。

觀光篇 在札幌雪祭

05 金閣寺で
ki.n.ka.ku.ji de
在金閣寺

①

これがあの有名な金閣寺ですか。
ko.re ga a.no yu.u.me.e.na ki.n.ka.ku.ji de.su ka
這就是那個有名的金閣寺嗎？

②

キラキラしていてきれいですね。
ki.ra.ki.ra.shi.te i.te ki.re.e de.su ne
閃閃發光好漂亮哪。

③

三島由紀夫の『金閣寺』を読んだことがありますか。
mi.shi.ma yu.ki.o no ki.n.ka.ku.ji o yo.n.da ko.to ga a.ri.ma.su ka
你讀過三島由紀夫的《金閣寺》嗎？

④

ええ。でも銀閣寺もいいですよ。
e.e de.mo gi.n.ka.ku.ji mo i.i de.su yo
是的。不過銀閣寺也不錯喔！

これから行くつもりです。
ko.re ka.ra i.ku tsu.mo.ri de.su
接下來打算要去。

でも、銀閣寺は4時半までですよ。
de.mo gi.n.ka.ku.ji wa yo.ji ha.n ma.de de.su yo
不過，銀閣寺到四點半為止喔！

じゃ、明日行ってみます。
ja a.shi.ta i.t.te mi.ma.su
那麼，明天去看看。

你也可以這樣說

参拝時間は午後5時までです。
sa.n.pa.i ji.ka.n wa go.go go.ji ma.de de.su
參拜時間到下午五點為止。

参拝時間は午後4時までです。
sa.n.pa.i ji.ka.n wa go.go yo.ji ma.de de.su
參拜時間到下午四點為止。

参拝時間は午後７時２０分までです。

sa.n.pa.i ji.ka.n wa go.go shi.chi.ji ni.ju.p.pu.n
ma.de de.su

參拜時間到下午七點二十分為止。

参拝時間は午後5時３０分までです。

sa.n.pa.i ji.ka.n wa go.go go.ji sa.n.ju.p.pu.n ma.de
de.su

參拜時間到下午五點半為止。

参拝時間は午後６時50分までです。

sa.n.pa.i ji.ka.n wa go.go ro.ku.ji go.ju.p.pu.n
ma.de de.su

參拜時間到下午六點五十分為止。

参拝時間は午後8時１０分までです。

sa.n.pa.i ji.ka.n wa go.go ha.chi.ji ju.p.pu.n ma.de
de.su

參拜時間到下午八點十分為止。

1

からだ あら　　　　　 ゆ ぶね　はい
体を洗ってから湯船に入ります。

ka.ra.da o a.ra.t.te ka.ra yu.bu.ne ni ha.i.ri.ma.su

洗完身體後進入浴池。

2

タオルは湯船の中に入れないでください。

ta.o.ru wa yu.bu.ne no na.ka ni i.re.na.i.de
ku.da.sa.i

毛巾請不要放到浴池裡。

3

**シャンプーもリンスもトリートメントも
ありますね。**

sha.n.pu.u mo ri.n.su mo to.ri.i.to.me.n.to mo
a.ri.ma.su ne

洗髮精、潤絲精、護髮霜都有耶。

4

せ なか　あら
背中を洗いっこしましょう！

se.na.ka o a.ra.i.k.ko.shi.ma.sho.o

我們互相洗背吧！

5

石けんを取ってください。

se.k.ke.n o to.t.te ku.da.sa.i

請幫我拿香皂。

6

いつまでも浸かってるとのぼせちゃいますよ。

i.tsu.ma.de mo tsu.ka.t.te.ru to
no.bo.se.cha.i.ma.su yo

泡太久會頭昏眼花喔！

7

温泉はやっぱりいいですね。

o.n.se.n wa ya.p.pa.ri i.i de.su ne

溫泉果然很棒啊！

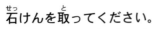

這樣說 1

体を洗ってから入浴してください。

ka.ra.da o a.ra.t.te ka.ra nyu.u.yo.ku.shi.te
ku.da.sa.i

請洗身體以後再入浴。

這樣說 2

頭を洗ってから入浴してください。

a.ta.ma o a.ra.t.te ka.ra nyu.u.yo.ku.shi.te
ku.da.sa.i

請洗頭以後再入浴。

荷物をおいてから入浴してください。

ni.mo.tsu o o.i.te ka.ra nyu.u.yo.ku.shi.te ku.da.sa.i

請放行李以後再入浴。

お金を払ってから入浴してください。

o ka.ne o ha.ra.t.te ka.ra nyu.u.yo.ku.shi.te
ku.da.sa.i

請付錢以後再入浴。

**貴重品をロッカーに入れてから入浴して
ください。**

ki.cho.o.hi.n o ro.k.ka.a ni i.re.te ka.ra
nyu.u.yo.ku.shi.te ku.da.sa.i

請把貴重物品放進投幣置物櫃以後再入浴。

水を飲んでから入浴してください。

mi.zu o no.n.de ka.ra nyu.u.yo.ku.shi.te ku.da.sa.i

請喝水以後再入浴。

服を脱いでから入浴してください。

fu.ku o nu.i.de ka.ra nyu.u.yo.ku.shi.te ku.da.sa.i

請脱衣服以後再入浴。

觀光篇 在溫泉

導遊教你說

絵はがきは、あちらにあります。
え

① e.ha.ga.ki wa a.chi.ra ni a.ri.ma.su
風景明信片那邊有。

絵馬は売り切れです。
え ま う き

② e.ma wa u.ri.ki.re de.su
繪馬（供奉在神社寺廟祈福用的牌子）賣完了。

お守りは３種類あります。
まも さんしゅるい

④ o.ma.mo.ri wa sa.n.shu.ru.i a.ri.ma.su
護身符有三種。

いろいろあって迷ってしまいますね。
まよ

④ i.ro.i.ro a.t.te ma.yo.t.te shi.ma.i.ma.su ne
各式各樣都有，好猶豫喔。

セットですと20種類入っていて、値段も割安ですよ。

（5）

se.t.to de.su to ni.ju.s.shu.ru.i ha.i.t.te i.te
ne.da.n mo wa.ri.ya.su de.su yo

如果一整套的話，裡頭有二十種，價錢也比較便宜喔。

じゃ、それにします。

（6）

ja so.re ni shi.ma.su

那麼，就決定那個。

你也可以這樣說

這樣說 1

お守りがほしいんですが……。

o.ma.mo.ri ga ho.shi.i n de.su ga

我想要護身符……。

這樣說 2

絵馬がほしいんですが……。

e.ma ga ho.shi.i n de.su ga

我想要繪馬（供奉在神社寺廟祈福用的牌子）……。

しおりがほしいんですが……。

shi.o.ri ga ho.shi.i n de.su ga

我想要書籤……。

御神酒がほしいんですが……。

o.mi.ki ga ho.shi.i n de.su ga

我想要供奉神祇的酒……。

絵はがきがほしいんですが……。

e.ha.ga.ki ga ho.shi.i n de.su ga

我想要風景明信片……。

カレンダーがほしいんですが……。

ka.re.n.da.a ga ho.shi.i n de.su ga

我想要月曆……。

キーホルダーがほしいんですが……。

ki.i.ho.ru.da.a ga ho.shi.i n de.su ga

我想要鑰匙圈……。

08 東京ディズニーランドで
to.o.kyo.o.di.zu.ni.i.ra.n.do de
在東京迪士尼樂園

導遊教你說

1

ディズニーキャラクターの中で誰が好きですか。

di.zu.ni.i.kya.ra.ku.ta.a no na.ka de da.re ga
su.ki de.su ka

迪士尼的人物裡面，最喜歡誰呢？

2

ドナルドが好きです。

do.na.ru.do ga su.ki de.su

我喜歡唐老鴨。

3

私もです。 ドナルドが一番可愛いですよね。

wa.ta.shi mo de.su do.na.ru.do ga i.chi.ba.n
ka.wa.i.i de.su yo ne

我也是。唐老鴨最可愛了對不對。

4

ぬいぐるみを買いに行きたいです。

nu.i.gu.ru.mi o ka.i ni i.ki.ta.i de.su

我想去買布偶。

5

園内のレストランは高いですね。

e.n.na.i no re.su.to.ra.n wa ta.ka.i de.su ne

園裡面的餐廳好貴喔！

6

人がたくさん並んでいます。

hi.to ga ta.ku.sa.n na.ra.n.de i.ma.su

排好多人。

7

2時間待ちだそうです。

ni.ji.ka.n ma.chi.da so.o de.su

聽說要等二個小時。

8

このアトラクションは人気があります。

ko.no a.to.ra.ku.sho.n wa ni.n.ki ga a.ri.ma.su

這個遊樂設施很受歡迎。

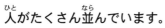

這樣說 1

わたしはミッキーマウスが好きです。

wa.ta.shi wa mi.k.ki.i.ma.u.su ga su.ki de.su

我喜歡米奇。

這樣說 2

わたしはミニーマウスが好きです。

wa.ta.shi wa mi.ni.i.ma.u.su ga su.ki de.su

我喜歡米妮。

わたしはドナルドダックが好きです。

wa.ta.shi wa do.na.ru.do.da.k.ku ga su.ki de.su

我喜歡唐老鴨。

わたしはプルートが好きです。

wa.ta.shi wa pu.ru.u.to ga su.ki de.su

我喜歡布魯托。

わたしはグーフィーが好きです。

wa.ta.shi wa gu.u.fi.i ga su.ki de.su

我喜歡高飛狗。

わたしはダンボが好きです。

wa.ta.shi wa da.n.bo ga su.ki de.su

我喜歡小飛象。

わたしはシンデレラが好きです。

wa.ta.shi wa shi.n.de.re.ra ga su.ki de.su

我喜歡灰姑娘。

觀光篇　在東京迪士尼樂園

東京は広いですね。
とうきょう　ひろ
to.o.kyo.o wa hi.ro.i de.su ne
東京很大耶！

Chapter **7**

→ か もの
買い物 購物

準備篇

機場篇

交通篇

住宿篇

用餐篇

觀光篇

購物篇

困擾篇

01 デパートで
de.pa.a.to de
在百貨公司

1

これと同じで色ちがいのものはありますか。
ko.re to o.na.ji de i.ro chi.ga.i no mo.no wa
a.ri.ma.su ka
有和這個一樣，但顏色不同的貨嗎？

2

ほかに赤と黒、グレーがありますが……。
ho.ka.ni a.ka to ku.ro gu.re.e ga a.ri.ma.su ga
其他還有紅色和黑色、灰色……。

3

グレーはどんなグレーですか。
gu.re.e wa do.n.na gu.re.e de.su ka
灰色是哪一種灰？

4

薄めのグレーです。
u.su.me no gu.re.e de.su
淺灰。

5

じゃ、それを見せてください。
ja so.re o mi.se.te ku.da.sa.i
那麼，請給我看那個。

6 すごくお似合いですよ。
su.go.ku o ni.a.i de.su yo
很適合（你）喔！

7 じゃ、これにします。
ja ko.re ni shi.ma.su
那麼，就決定這個。

你也可以這樣說

這樣說 1

色ちがいのものはありますか。
i.ro chi.ga.i no mo.no wa a.ri.ma.su ka
有顏色不同的貨嗎？

這樣說 2

Sサイズのものはありますか。
e.su sa.i.zu no mo.no wa a.ri.ma.su ka
有S尺寸的貨嗎？

這樣說 3

Mサイズのものはありますか。
e.mu sa.i.zu no mo.no wa a.ri.ma.su ka
有M尺寸的貨嗎？

購物篇 在百貨公司

211

Lサイズのものはありますか。

e.ru sa.i.zu no mo.no wa a.ri.ma.su ka

有L尺寸的貨嗎？

小さいサイズのものはありますか。

chi.i.sa.i sa.i.zu no mo.no wa a.ri.ma.su ka

有小尺寸的貨嗎？

大きいサイズのものはありますか。

o.o.ki.i sa.i.zu no mo.no wa a.ri.ma.su ka

有大尺寸的貨嗎？

デザインちがいのものはありますか。

de.za.i.n chi.ga.i no mo.no wa a.ri.ma.su ka

有設計不一樣的貨嗎？

02 スーパーマーケットで
su.u.pa.a ma.a.ke.t.to de
在超級市場

導遊教你說

1

それでしたら、この隣のコーナーです。

so.re de.shi.ta.ra ko.no to.na.ri no ko.o.na.a de.su

那個的話，是這個的隔壁區。

2

それから、シャンプーはどこにありますか。

so.re.ka.ra sha.n.pu.u wa do.ko ni a.ri.ma.su ka

還有，洗髮精哪裡有呢？

3

一番奥のコーナーです。

i.chi.ba.n o.ku no ko.o.na.a de.su

在最裡面的區域。

4

お買い得です。

o ka.i.do.ku de.su

很划算。

5

レジはどこですか。

re.ji wa do.ko de.su ka

結帳櫃檯在哪裡呢？

6

賞味期限が切れてます。
<ruby>賞<rt>しょう</rt></ruby><ruby>味<rt>み</rt></ruby><ruby>期<rt>き</rt></ruby><ruby>限<rt>げん</rt></ruby>が<ruby>切<rt>き</rt></ruby>れてます。

sho.o.mi.ki.ge.n ga ki.re.te.ma.su

保存期限已經過了。

7

エコバッグはお持ちですか。

e.ko.ba.g.gu wa o mo.chi de.su ka

有帶環保袋嗎？

這樣說 1

シャンプーが見つからないんですが……。

sha.n.pu.u ga mi.tsu.ka.ra.na.i n de.su ga

找不到洗髮精……。

這樣說 2

<ruby>果物<rt>くだもの</rt></ruby>が<ruby>見<rt>み</rt></ruby>つからないんですが……。

ku.da.mo.no ga mi.tsu.ka.ra.na.i n de.su ga

找不到水果……。

這樣說 3

お<ruby>菓子<rt>か し</rt></ruby>が<ruby>見<rt>み</rt></ruby>つからないんですが……。

o ka.shi ga mi.tsu.ka.ra.na.i n de.su ga

找不到糖果餅乾……。

這樣說 4

歯みがき粉が見つからないんですが……。
ha.mi.ga.ki.ko ga mi.tsu.ka.ra.na.i n de.su ga
找不到牙膏……。

這樣說 5

カップラーメンが見つからないんですが……。
ka.p.pu.ra.a.me.n ga mi.tsu.ka.ra.na.i n de.su ga
找不到杯麵……。

這樣說 6

チョコレートが見つからないんですが……。
cho.ko.re.e.to ga mi.tsu.ka.ra.na.i n de.su ga
找不到巧克力……。

這樣說 7

ミネラルウォーターが見つからないんですが……。
mi.ne.ra.ru.wo.o.ta.a ga mi.tsu.ka.ra.na.i n de.su ga
找不到礦泉水……。

購物篇 在超級市場

03 コンビニで
ko.n.bi.ni de
在便利商店

導遊教你說

1

このお弁当、紅しょうがはついてますか。
ko.no o be.n.to.o be.ni.sho.o.ga wa tsu.i.te.ma.su ka
這個便當，有附紅薑嗎？

2

はい、ついてますよ。
ha.i tsu.i.te.ma.su yo
是的，有附喔！

3

じゃ、これください。
ja ko.re ku.da.sa.i
那麼，請給我這個。

4

あと、このお茶を1つ。
a.to ko.no o cha o hi.to.tsu
還有，這個茶一瓶。

5

お客様、こちらのお茶はいかがですか。
o kya.ku sa.ma ko.chi.ra no o cha wa i.ka.ga de.su ka
這位客人，這邊的茶覺得如何呢？

ドラえもんのおまけがついてますよ。

do.ra.e.mo.n no o.ma.ke ga tsu.i.te.ma.su yo

有附哆啦A夢的贈品喔！

それにします！

so.re ni shi.ma.su

就決定那個！

你也可以這樣說

這樣說 1

割りばしはついてますか。

wa.ri.ba.shi wa tsu.i.te.ma.su ka

有附免洗筷嗎？

這樣說 2

調味料はついてますか。

cho.o.mi.ryo.o wa tsu.i.te.ma.su ka

有附調味料嗎？

這樣說 3

わさびはついてますか。

wa.sa.bi wa tsu.i.te.ma.su ka

有附芥末嗎？

購物篇 在便利商店

217

言樣說
4

醤油はついてますか。
sho.o.yu wa tsu.i.te.ma.su ka
有附醬油嗎？

言樣說
5

ケチャップはついてますか。
ke.cha.p.pu wa tsu.i.te.ma.su ka
有附番茄醬嗎？

言樣說
6

スプーンはついてますか。
su.pu.u.n wa tsu.i.te.ma.su ka
有附湯匙嗎？

言樣說
7

おまけはついてますか。
o.ma.ke wa tsu.i.te.ma.su ka
有附贈品嗎？

04 ドラッグストアで
do.ra.g.gu.su.to.a de
在藥妝店

導遊教你說

1

保湿クリームをお探しですか。
ほ しつ　　　　　　　　　　　　さが
ho.shi.tsu.ku.ri.i.mu o o sa.ga.shi de.su ka
在找保濕霜嗎？

2

ええ。でもたくさんあって……。
e.e de.mo ta.ku.sa.n a.t.te
是的。可是有這麼多種類……。

3

それでしたら、こちらはいかがですか。
so.re de.shi.ta.ra ko.chi.ra wa i.ka.ga de.su ka
如果是那樣的話，這個如何呢？

4

くすみ防止、美白効果もあるんですよ。
ぼう し　　 び はくこう か
ku.su.mi bo.o.shi bi.ha.ku ko.o.ka mo a.ru n de.su
yo
也有防止暗沉、美白效果喔！

5

へー、いいですね。
he.e i.i de.su ne
咦，真不賴耶！

219

6

買_かいすぎてしまいました。

ka.i.su.gi.te shi.ma.i.ma.shi.ta

買過頭了。

你也可以這樣說

這樣說 1

このハンドクリームは新商品_{しんしょうひん}です。

ko.no ha.n.do.ku.ri.i.mu wa shi.n.sho.o.hi.n de.su

這個護手霜是新產品。

這樣說 2

このマスカラは新商品_{しんしょうひん}です。

ko.no ma.su.ka.ra wa shi.n.sho.o.hi.n de.su

這個睫毛膏是新產品。

這樣說 3

このフェイスマスクは新商品_{しんしょうひん}です。

ko.no fe.e.su.ma.su.ku wa shi.n.sho.o.hi.n de.su

這個面膜是新產品。

這樣說 4

このトリートメントは新商品_{しんしょうひん}です。

ko.no to.ri.i.to.me.n.to wa shi.n.sho.o.hi.n de.su

這個護髮霜是新產品。

這樣說 5

このメイク落<ruby>落<rt>お</rt></ruby>としは<ruby>新商品<rt>しんしょうひん</rt></ruby>です。

ko.no me.e.ku.o.to.shi wa shi.n.sho.o.hi.n de.su

這個卸妝的是新產品。

這樣說 6

このアイライナーは<ruby>新商品<rt>しんしょうひん</rt></ruby>です。

ko.no a.i.ra.i.na.a wa shi.n.sho.o.hi.n de.su

這個眼線是新產品。

這樣說 7

この<ruby>保湿<rt>ほ しつ</rt></ruby>クリームは<ruby>新商品<rt>しんしょうひん</rt></ruby>です。

ko.no ho.shi.tsu.ku.ri.i.mu wa shi.n.sho.o.hi.n de.su

這個保濕霜是新產品。

遊教你說

① このデジカメ、本日限定のお買い得品ですよ！

ko.no de.ji.ka.me ho.n.ji.tsu ge.n.te.e no
o ka.i.do.ku.hi.n de.su yo

這個數位相機，是限定今天的特價品喔！

② これは値引きできません。

ko.re wa ne.bi.ki de.ki.ma.se.n

這個不能打折。

③ あちらでしたら、15パーセントお安く
しますよ。

a.chi.ra de.shi.ta.ra ju.u.go.pa.a.se.n.to
o ya.su.ku shi.ma.su yo

那個的話，可以打八五折喔！

④ そのデザインはちょっと……。

so.no de.za.i.n wa cho.t.to

那個設計有點……。

やっぱり買うなら日本製です。

ya.p.pa.ri ka.u na.ra ni.ho.n.se.e de.su

要買的話，還是要日本製的。

秋葉原はお宅っぽい人がたくさんいますね。

a.ki.ha.ba.ra wa o.ta.ku.p.po.i hi.to ga ta.ku.sa.n i.ma.su ne

秋葉原有很多看起來很宅的人耶！

韓国製もけっこうありますね。

ka.n.ko.ku.se.e mo ke.k.ko.o a.ri.ma.su ne

也有很多韓國製的喔！

你也可以這樣說

もう少し安くしてもらえませんか。

mo.o su.ko.shi ya.su.ku shi.te mo.ra.e.ma.se.n ka

可以再便宜一點點嗎？

もうちょっと安くしてもらえませんか。

mo.o cho.t.to ya.su.ku shi.te mo.ra.e.ma.se.n ka

可以再便宜一些嗎？

購物篇 在電器商店街

223

あと100円安くしてもらえませんか。

a.to hya.ku.e.n ya.su.ku shi.te mo.ra.e.ma.se.n ka

可以再便宜一百日圓嗎？

あと３００円安くしてもらえませんか。

a.to sa.n.bya.ku.e.n ya.su.ku shi.te
mo.ra.e.ma.se.n ka

可以再便宜三百日圓嗎？

あと1000円安くしてもらえませんか。

a.to se.n.e.n ya.su.ku shi.te mo.ra.e.ma.se.n ka

可以再便宜一千日圓嗎？

あと３０００円安くしてもらえませんか。

a.to sa.n.ze.n.e.n ya.su.ku shi.te mo.ra.e.ma.se.n
ka

可以再便宜三千日圓嗎？

あと３０パーセント安くしてもらえませんか。

a.to sa.n.ju.p.pa.a.se.n.to ya.su.ku shi.te
mo.ra.e.ma.se.n ka

可以再便宜三成嗎？

224

06 アウトレット・モールで
a.u.to.re.t.to.mo.o.ru de
在暢貨大型購物商場

1

あのエルメスのお店を右に曲がったところに
あります。

a.no e.ru.me.su no o mi.se o mi.gi ni ma.ga.t.ta
to.ko.ro ni a.ri.ma.su

就在那家愛瑪仕（HERMES）的店往右轉的地方。

2

（地図を取り出して示す。）ここです。

chi.zu o to.ri.da.shi.te shi.me.su ko.ko de.su

（拿出地圖指示。）這裡。

3

今年の流行色ですね。

ko.to.shi no ryu.u.ko.o.sho.ku de.su ne

是今年流行的顏色喔！

4

ずっとほしかったんです。

zu.t.to ho.shi.ka.t.ta n de.su

（這是我）一直都很想要的。

購物篇 在暢貨大型購物商場

225

5

うちの主人、このサングラス似合うかしら。

u.chi no shu.ji.n ko.no sa.n.gu.ra.su ni.a.u ka.shi.ra

我家的老公，適不適合這副太陽眼鏡啊。

6

子供にブランドなんて、まだ早すぎます。

ko.do.mo ni bu.ra.n.do na.n.te ma.da
ha.ya.su.gi.ma.su

讓小孩用名牌，還太早了。

你也可以這樣說

這樣說 1

プラダのお店はどこですか。

pu.ra.da no o mi.se wa do.ko de.su ka

PRADA的店在哪裡呢？

這樣說 2

グッチのお店はどこですか。

gu.c.chi no o mi.se wa do.ko de.su ka

古馳（GUCCI）的店在哪裡呢？

這樣說 3

コーチのお店はどこですか。

ko.o.chi no o mi.se wa do.ko de.su ka

COACH的店在哪裡呢？

シャネルのお店はどこですか。

sha.ne.ru no o mi.se wa do.ko de.su ka

香奈兒（CHANEL）的店在哪裡呢？

バーバリーのお店はどこですか。

ba.a.ba.ri.i no o mi.se wa do.ko de.su ka

BURBERRY的店在哪裡呢？

アルマーニのお店はどこですか。

a.ru.ma.a.ni no o mi.se wa do.ko de.su ka

亞曼尼（Giorgio Armani）的店在哪裡呢？

ルイ・ヴィトンのお店はどこですか。

ru.i vi.to.n no o mi.se wa do.ko de.su ka

LV（Louis Vuitton）的店在哪裡呢？

購物篇 在暢貨大型購物商場

導遊教你說

1
これはいかがですか。
ko.re wa i.ka.ga de.su ka
這個怎麼樣呢？

2
ちょっと短すぎます。
cho.t.to mi.ji.ka.su.gi.ma.su
有點太短。

3
今年は超ミニが流行りなんですよ。
ko.to.shi wa cho.o mi.ni ga ha.ya.ri.na n de.su yo
今年流行超級迷你的喔！

4
それにお客様はスタイルがいいし。
so.re.ni o kya.ku sa.ma wa su.ta.i.ru ga i.i shi
而且客人您的身材很好。

5
そうですか。
so.o de.su ka
是那樣嗎？

6 じゃ、試着してみます。

ja shi.cha.ku.shi.te mi.ma.su

那麼，我試穿看看。

你也可以這樣說

這樣說 1

今年はカラータイツが流行りです。

ko.to.shi wa ka.ra.a ta.i.tsu ga ha.ya.ri de.su

今年流行彩色緊身襪。

這樣說 2

今年はブルーが流行りです。

ko.to.shi wa bu.ru.u ga ha.ya.ri de.su

今年流行藍色。

這樣說 3

今年はチェックが流行りです。

ko.to.shi wa che.k.ku ga ha.ya.ri de.su

今年流行格紋。

這樣說 4

今年はストライプが流行りです。

ko.to.shi wa su.to.ra.i.pu ga ha.ya.ri de.su

今年流行條紋。

購物篇

在原宿竹下通

229

這樣說 5

今年は水玉模様が流行りです。

ko.to.shi wa mi.zu.ta.ma.mo.yo.o ga ha.ya.ri de.su

今年流行圓點花樣。

這樣說 6

今年はミニスカートが流行りです。

ko.to.shi wa mi.ni su.ka.a.to ga ha.ya.ri de.su

今年流行迷你裙。

這樣說 7

今年は６０年代スタイルが流行りです。

ko.to.shi wa ro.ku.ju.u.ne.n.da.i su.ta.i.ru ga ha.ya.ri de.su

今年流行六〇年代風格。

08 プレゼントを選ぶ
pu.re.ze.n.to o e.ra.bu
選禮物

導遊教你說

1
プレゼント用にラッピングしていただけますか。
pu.re.ze.n.to yo.o ni ra.p.pi.n.gu.shi.te
i.ta.da.ke.ma.su ka
因為是送禮用的，能幫我包裝嗎？

2
かしこまりました。
ka.shi.ko.ma.ri.ma.shi.ta
知道了。

3
相手の方は男性ですか女性ですか。
a.i.te no ka.ta wa da.n.se.e de.su ka jo.se.e de.su
ka
對方是男性、還是女性呢？

4
女性です。
jo.se.e de.su
是女性。

5
男性です。
da.n.se.e de.su
是男性。

購物篇

選禮物

231

じゃ、花模様の包装紙にピンクのリボンを かけましょう。

6

ja ha.na.mo.yo.o no ho.o.so.o.shi ni pi.n.ku no ri.bo.n o ka.ke.ma.sho.o

那麼，在花朵圖案的包裝紙上綁粉紅色的蝴蝶結吧！

這樣說 1

ラッピングしていただけますか。

ra.p.pi.n.gu.shi.te i.ta.da.ke.ma.su ka

能幫我包裝嗎？

這樣說 2

リボンをかけていただけますか。

ri.bo.n o ka.ke.te i.ta.da.ke.ma.su ka

能幫我綁上蝴蝶結嗎？

這樣說 3

箱に入れていただけますか。

ha.ko ni i.re.te i.ta.da.ke.ma.su ka

能幫我裝進盒子裡嗎？

カードをつけていただけますか。
ka.a.do o tsu.ke.te i.ta.da.ke.ma.su ka
能幫我附上卡片嗎？

<ruby>紙袋<rt>かみぶくろ</rt></ruby>に<ruby>入<rt>い</rt></ruby>れていただけますか。
ka.mi.bu.ku.ro ni i.re.te i.ta.da.ke.ma.su ka
能幫我裝進紙袋嗎？

シールを<ruby>貼<rt>は</rt></ruby>っていただけますか。
shi.i.ru o ha.t.te i.ta.da.ke.ma.su ka
能幫我貼上貼紙嗎？

カバーをかけていただけますか。
ka.ba.a o ka.ke.te i.ta.da.ke.ma.su ka
能幫我包上書套嗎？

購物篇

選禮物

<ruby>安<rt>やす</rt></ruby>くしてください。

ya.su.ku shi.te ku.da.sa.i

請算我便宜點。

Chapter 8

→ トラブル 困擾

準備篇
機場篇
交通篇
住宿篇
用餐篇
觀光篇
購物篇
困擾篇

導遊教你說

1
バッグをなくしちゃったんですが……。
ba.g.gu o na.ku.shi.cha.t.ta n de.su ga
包包弄丟了……。

2
なか　き ちょうひん　はい
中に貴重品が入ってますか。
na.ka ni ki.cho.o.hi.n ga ha.i.t.te.ma.su ka
裡面有貴重的東西嗎？

3
さい ふ　　　　　　　　　　　はい
はい。財布とカメラが入ってます。
ha.i sa.i.fu to ka.me.ra ga ha.i.t.te.ma.su
有。有錢包和相機。

4
き にゅう
じゃ、こちらに記入してください。
ja ko.chi.ra ni ki.nyu.u.shi.te ku.da.sa.i
那麼，請在這裡填上資料。

5
も
パスポートはお持ちですか。
pa.su.po.o.to wa o mo.chi de.su ka
請問有帶護照嗎？

日本語は書けますか。

ni.ho.n.go wa ka.ke.ma.su ka

會寫日文嗎？

你也可以這樣說

財布をなくしちゃったんですが……。

sa.i.fu o na.ku.shi.cha.t.ta n de.su ga

錢包弄丟了……。

眼鏡をなくしちゃったんですが……。

me.ga.ne o na.ku.shi.cha.t.ta n de.su ga

眼鏡弄丟了……。

手帳をなくしちゃったんですが……。

te.cho.o o na.ku.shi.cha.t.ta n de.su ga

記事本弄丟了……。

ケイタイをなくしちゃったんですが……。

ke.e.ta.i o na.ku.shi.cha.t.ta n de.su ga

行動電話弄丟了……。

困擾篇 東西丟了

237

這樣說
5

クレジットカードをなくしちゃったんですが……。

ku.re.ji.t.to.ka.a.do o na.ku.shi.cha.t.ta n de.su ga

信用卡弄丟了……。

這樣說
6

パソコンをなくしちゃったんですが……。

pa.so.ko.n o na.ku.shi.cha.t.ta n de.su ga

個人電腦弄丟了……。

這樣說
7

電子辞書をなくしちゃったんですが……。

de.n.shi.ji.sho o na.ku.shi.cha.t.ta n de.su ga

電子字典弄丟了……。

02 道に迷う
mi.chi ni ma.yo.u
迷路

導遊教你說

1

東京タワーにはどうやって行ったらいいですか。

to.o.kyo.o.ta.wa.a ni wa do.o ya.t.te i.t.ta.ra i.i
de.su ka

東京鐵塔要怎麼去比較好呢？

2

すみません、ここに行きたいんですが……。

su.mi.ma.se.n ko.ko ni i.ki.ta.i n de.su ga

對不起，我想去這裡……。

3

方向がちがいますよ。

ho.o.ko.o ga chi.ga.i.ma.su yo

方向錯了喔！

4

ええ、道に迷っちゃったんです。

e.e mi.chi ni ma.yo.c.cha.t.ta n de.su

是的，我迷路了。

5

いっしょに行きましょうか。

i.s.sho ni i.ki.ma.sho.o ka

（我陪你）一起去吧！

困擾篇　迷路

239

6

ここはどこですか。

ko.ko wa do.ko de.su ka

這裡是哪裡呢？

你也可以這樣說

這樣說 1

そこを右に曲がってください。

so.ko o mi.gi ni ma.ga.t.te ku.da.sa.i

請在那裡右轉。

這樣說 2

駅を右に曲がってください。

e.ki o mi.gi ni ma.ga.t.te ku.da.sa.i

請在車站右轉。

這樣說 3

銀行を右に曲がってください。

gi.n.ko.o o mi.gi ni ma.ga.t.te ku.da.sa.i

請在銀行右轉。

這樣說 4

公園を右に曲がってください。

ko.o.e.n o mi.gi ni ma.ga.t.te ku.da.sa.i

請在公園右轉。

小学校を右に曲がってください。

sho.o.ga.k.ko.o o mi.gi ni ma.ga.t.te ku.da.sa.i

請在小學右轉。

デパートを右に曲がってください。

de.pa.a.to o mi.gi ni ma.ga.t.te ku.da.sa.i

請在百貨公司右轉。

コンビニを右に曲がってください。

ko.n.bi.ni o mi.gi ni ma.ga.t.te ku.da.sa.i

請在便利商店右轉。

03 病気になる
びょう き

byo.o.ki ni na.ru

生病

1. どうしましたか。
do.o shi.ma.shi.ta ka
怎麼了？

2. ちょっと熱があるみたいです。
ねつ
cho.t.to ne.tsu ga a.ru mi.ta.i de.su
好像有點發燒。

3. 注射をしましょう。
ちゅうしゃ
chu.u.sha o shi.ma.sho.o
打個針吧！

4. 薬を出しますから、食後に飲んでください。
くすり だ しょく ご の
ku.su.ri o da.shi.ma.su ka.ra sho.ku.go ni no.n.de
ku.da.sa.i
會開藥（給你），請飯後服用。

5. 吐き気がします。
は け
ha.ki.ke ga shi.ma.su
想吐。

寒気がします。
sa.mu.ke ga shi.ma.su
發冷。

アレルギーはありますか。
a.re.ru.gi.i wa a.ri.ma.su ka
有過敏嗎？

你也可以這樣說

頭がとても痛いんです。
a.ta.ma ga to.te.mo i.ta.i n de.su
頭非常痛。

胃がとても痛いんです。
i ga to.te.mo i.ta.i n de.su
胃非常痛。

胸がとても痛いんです。
mu.ne ga to.te.mo i.ta.i n de.su
胸非常痛。

困擾篇 生病

腰がとても痛いんです。

ko.shi ga to.te.mo i.ta.i n de.su

腰非常痛。

歯がとても痛いんです。

ha ga to.te.mo i.ta.i n de.su

牙齒非常痛。

お腹がとても痛いんです。

o.na.ka ga to.te.mo i.ta.i n de.su

肚子非常痛。

後頭部がとても痛いんです。

ko.o.to.o.bu ga to.te.mo i.ta.i n de.su

後頭部非常痛。

04 交通事故に遭う

((MP3 76

ko.o.tsu.u ji.ko ni a.u

發生交通事故

1

歩いていて車にぶつけられました。

a.ru.i.te i.te ku.ru.ma ni bu.tsu.ke.ra.re.ma.shi.ta

走路時被車撞到了。

2

バイクが横から突然出てきたんです。

ba.i.ku ga yo.ko ka.ra to.tsu.ze.n de.te ki.ta n de.su

機車突然從旁邊衝出來。

3

だいじょうぶですか。

da.i.jo.o.bu de.su ka

沒事吧？

4

立ち上がれません。

ta.chi.a.ga.re.ma.se.n

站不起來。

5

めまいがします。

me.ma.i ga shi.ma.su

頭暈。

6

血が出ています。
chi ga de.te i.ma.su
流血了。

你也可以這樣說

這樣說 1

誰か救急車を呼んでください。
da.re ka kyu.u.kyu.u.sha o yo.n.de ku.da.sa.i
誰來叫一下救護車。

這樣說 2

誰か来てください。
da.re ka ki.te ku.da.sa.i
誰過來一下。

這樣說 3

誰か助けてください。
da.re ka ta.su.ke.te ku.da.sa.i
誰來幫一下忙。

這樣說 4

誰か通訳してください。
da.re ka tsu.u.ya.ku.shi.te ku.da.sa.i
誰來翻譯一下。

5

誰か１１９番してください 。

da.re ka hya.ku.ju.u.kyu.u.ba.n.shi.te ku.da.sa.i

誰來打一下一一九。

6

誰か警察に電話してください 。

da.re ka ke.e.sa.tsu ni de.n.wa.shi.te ku.da.sa.i

誰來打電話給警察一下。

7

誰か証人になってください 。

da.re ka sho.o.ni.n ni na.t.te ku.da.sa.i

誰來當一下證人。

困擾篇　發生交通事故

247

05 おつりが足(た)りない

o.tsu.ri ga ta.ri.na.i

找的錢不夠

導遊教你說

1

失礼(しつれい)いたしました。

shi.tsu.re.e i.ta.shi.ma.shi.ta

對不起。

2

レシートを拝見(はいけん)できますか。

re.shi.i.to o ha.i.ke.n de.ki.ma.su ka

可以讓我看一下收據嗎？

3

レシートを渡(わた)します。

re.shi.i.to o wa.ta.shi.ma.su

交給對方收據。

4

こちらのミスです。

ko.chi.ra no mi.su de.su

是這裡的疏忽。

5

うっかりしていたもので……。

u.k.ka.ri.shi.te i.ta mo.no de

因為一不留神……。

6

きんがく
金額をきちんと**確認**します。
ki.n.ga.ku o ki.chi.n.to ka.ku.ni.n.shi.ma.su
確實確認金額。

你也可以這樣說

言樣說
1

ひゃくえん た
おつりが100円足りないみたいなんですが……。
o.tsu.ri ga hya.ku.e.n ta.ri.na.i mi.ta.i.na n de.su ga
找的錢好像差一百日圓的樣子……。

言樣說
2

ごえん た
おつりが5円足りないみたいなんですが……。
o.tsu.ri ga go.e.n ta.ri.na.i mi.ta.i.na n de.su ga
找的錢好像差五日圓的樣子……。

言樣說
3

ろくじゅうえん た
おつりが６０円足りないみたいなんですが……。
o.tsu.ri ga ro.ku.ju.u.e.n ta.ri.na.i mi.ta.i.na n de.su ga
找的錢好像差六十日圓的樣子……。

言樣說
4

はちじゅうえん た
おつりが８０円足りないみたいなんですが……。
o.tsu.ri ga ha.chi.ju.u.e.n ta.ri.na.i mi.ta.i.na n de.su ga
找的錢好像差八十日圓的樣子……。

おつりが150円足りないみたいなんですが……。

o.tsu.ri ga hya.ku.go.ju.u.e.n ta.ri.na.i mi.ta.i.na n de.su ga

找的錢好像差一百五十日圓的樣子……。

おつりが500円足りないみたいなんですが……。

o.tsu.ri ga go.hya.ku.e.n ta.ri.na.i mi.ta.i.na n de.su ga

找的錢好像差五百日圓的樣子……。

おつりが1000円足りないみたいなんですが……。

o.tsu.ri ga se.n.e.n ta.ri.na.i mi.ta.i.na n de.su ga

找的錢好像差一千日圓的樣子……。

06 ナンパされる

na.n.pa.sa.re.ru
被搭訕

遊教你說

1

ぼくとお茶しない。
bo.ku to o cha shi.na.i
要不要和我一起喝杯茶？

2

無視します。
mu.shi.shi.ma.su
視若無睹。

3

ケイタイの番号、教えっこしようよ。
ke.e.ta.i no ba.n.go.o o.shi.e.k.ko.shi.yo.o yo
行動電話號碼，交換一下吧！

4

けっこうです！！
ke.k.ko.o de.su
沒必要！！

5

いい加減にしてください！
i.i ka.ge.n ni shi.te ku.da.sa.i
不要太過分！

6

けいさつ　　　よ
警察を呼びますよ！
ke.e.sa.tsu o yo.bi.ma.su yo
（我要）叫警察囉！

你也可以這樣說

這樣說 1

う た だ　　　　　　　　　に　　　　　　　　　　い
宇多田ヒカルに似てるって言われない。
u.ta.da hi.ka.ru ni ni.te.ru t.te i.wa.re.na.i
沒有人說妳和宇多田光很像嗎？

這樣說 2

はまさき　　　　　　　に　　　　　　　　　　い
浜崎あゆみに似てるって言われない。
ha.ma.sa.ki a.yu.mi ni ni.te.ru t.te i.wa.re.na.i
沒有人說妳和濱崎步很像嗎？

這樣說 3

あ む ろ な み え　　　に　　　　　　　　　　い
安室奈美恵に似てるって言われない。
a.mu.ro na.mi.e ni ni.te.ru t.te i.wa.re.na.i
沒有人說妳和安室奈美惠很像嗎？

這樣說 4

あ や せ　　　　　　　に　　　　　　　　　　い
綾瀬はるかに似てるって言われない。
a.ya.se ha.ru.ka ni ni.te.ru t.te i.wa.re.na.i
沒有人說妳和綾瀨遙很像嗎？

上戸彩に似てるって言われない。
u.e.to a.ya ni ni.te.ru t.te i.wa.re.na.i
沒有人說妳和上戶彩很像嗎？

上野樹里に似てるって言われない。
u.e.no ju.ri ni ni.te.ru t.te i.wa.re.na.i
沒有人說妳和上野樹里很像嗎？

松たか子に似てるって言われない。
ma.tsu ta.ka.ko ni ni.te.ru t.te i.wa.re.na.i
沒有人說妳和松隆子很像嗎？

附錄

導遊隨身攜帶的
旅遊指南

日本地圖+重要都市

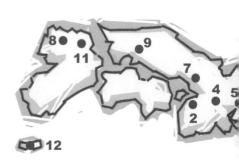

とうきょう と
1 東京都 < to.o.kyo.o to > 1400萬人

在東方，能站在世界舞台上，和紐約、倫敦、巴黎等西方國際大城並列，引領世界潮流的大都會，非東京莫屬。想了解日本嗎？第一站，就選擇東京！

おおさか ふ
2 大阪府 < o.o.sa.ka fu > 880萬人

遊大阪的第一站理當是「大阪城」，因為這裡是大阪的象徵。接著是熱鬧、刺激的「環球影城」。至於世界最大的海洋水族館「海遊館」，令人驚嘆海底世界的奇妙和大自然的偉大，豈可錯過！

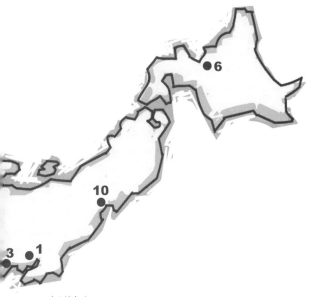

3 横浜市 < yo.ko.ha.ma shi > 370萬人
<ruby>横浜市<rt>よこはまし</rt></ruby>

　　橫濱哪裡好玩呢？著名景點有「明治大正風」的「橫濱紅磚倉庫」；「西洋風」的「山手區」；「中華風」的「橫濱中華街」；還有「未來風」的「港口未來21」。今天，您要到哪裡呢？

4 京都府 < kyo.o.to fu > 260萬人
<ruby>京都府<rt>きょうとふ</rt></ruby>

　　一直到西元一八六九年遷都到東京為止，京都當了大和民族一千多年的首都。在文化薰陶下，京都遺留下一千四百多間寺院、四百多間神社。其中法相莊嚴的佛像、珍貴的藝術寶物，將京都妝點成全球獨一無二的魅力古都。請您放慢腳步，細細體會……。

5 名古屋市 ＜ na.go.ya shi ＞ 230萬人

您知道織田信長、豐臣秀吉、德川家康這三位武將都是出身於名古屋嗎？請拜訪日本三大名城之一的名古屋城吧！集美麗與雄偉於一身的古城，將述說他們叱吒風雲的故事⋯⋯。

6 札幌市 ＜ sa.p.po.ro shi ＞ 190萬人

來到雪的故鄉札幌，非拜訪不可的是人氣景點「北海道廳舊本廳舍」、「時鐘台」、還有每一年都盛大舉辦雪祭的「大通公園」！

7 神戶市 ＜ ko.o.be shi ＞ 150萬人

神戶最知名的觀光地，就屬幕府末期歐美人士住過的「異人館街」了。十數幢建築物中，以德式建築的「風見雞之館」、以及從二樓陽台可遠眺海面的「萌黃之館」最有名，是日本國家指定重要文化財產喔！

8 福岡市 ＜ fu.ku.o.ka shi ＞ 160萬人

您知道亞洲週刊每年公佈，亞洲最適合居住城市的冠軍是哪裡嗎？就是日本福岡！那裡有好山、好水、好溫泉、好拉麵、還有好人情──所以，趕快到福岡好好玩吧！

9 広島市 ひろしまし < hi.ro.shi.ma shi > 118萬人

廣島，正是世界第一顆原子彈投下的地方。請到世界遺產「原子彈爆炸遺址」看看吧！在那裡祈求永遠不要再有戰爭、永遠和平。而另一個世界遺產「嚴島神社」也不容錯過。被譽為日本三景之一的它，矗立於瀨戶內海上，真是絕美。

10 仙台市 せんだいし < se.n.da.i shi > 109萬人

被譽為「森林之都」的仙台，因為依照四季，還舉辦各式各樣的祭典，所以也被稱為「祭典之都」。喜歡綠地嗎？喜歡熱鬧嗎？歡迎來到這裡盡情享受。當然，也別忘了順道拜訪日本三景之一的「松島」喔！

11 北九州市 きたきゅうしゅうし < ki.ta.kyu.u.shu.u shi > 91萬人

北九州最有名的莫過於門司港了。一幢幢磚紅色的建築，述說著一段段百年物語，搭乘人力車徜徉其間，彷彿走入時光隧道，您一定會喜歡。至於喜歡遊樂園的人，「太空世界」也不會讓您失望喔！

12 那覇市 なはし < na.ha shi > 31萬人

擁有清澈透明海水與純白潔淨沙灘的沖繩，是日本電視連續劇的最佳背景舞台。搭機到沖繩的首府那霸吧！陽光！沙灘！這個充滿魅力的熱情島嶼，正呼喚著您！

日本的行政區
與各縣市

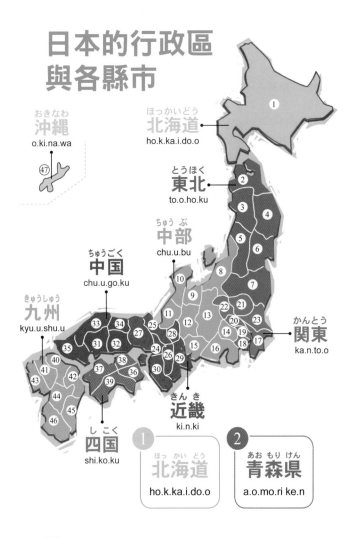

おきなわ
沖縄
o.ki.na.wa

ほっかいどう
北海道
ho.k.ka.i.do.o

とうほく
東北
to.o.ho.ku

ちゅう ぶ
中部
chu.u.bu

ちゅうごく
中国
chu.u.go.ku

きゅうしゅう
九州
kyu.u.shu.u

かんとう
関東
ka.n.to.o

し こく
四国
shi.ko.ku

きん き
近畿
ki.n.ki

①
ほっ かい どう
北海道
ho.k.ka.i.do.o

②
あお もり けん
青森県
a.o.mo.ri ke.n

3
あき た けん
秋田県
a.ki.ta ke.n

4
いわ て けん
岩手県
i.wa.te ke.n

5
やま がた けん
山形県
ya.ma.ga.ta ke.n

6
みや ぎ けん
宮城県
mi.ya.gi ke.n

7
ふく しま けん
福島県
fu.ku.shi.ma ke.n

8
にい がた けん
新潟県
ni.i.ga.ta ke.n

9
と やま けん
富山県
to.ya.ma ke.n

10
いし かわ けん
石川県
i.shi.ka.wa ke.n

11
ふく い けん
福井県
fu.ku.i ke.n

12
ぎ ふ けん
岐阜県
gi.fu ke.n

13
なが の けん
長野県
na.ga.no ke.n

14
やま なし けん
山梨県
ya.ma.na.shi ke.n

15
あい ち けん
愛知県
a.i.chi ke.n

16
しず おか けん
静岡県
shi.zu.o.ka ke.n

17
ち ば けん
千葉県
chi.ba ke.n

⑱ かながわけん **神奈川県** ka.na.ga.wa ke.n	⑲ とうきょうと **東京都** to.o.kyo.o to	⑳ さいたまけん **埼玉県** sa.i.ta.ma ke.n
㉑ とちぎけん **栃木県** to.chi.gi ke.n	㉒ ぐんまけん **群馬県** gu.n.ma ke.n	㉓ いばらきけん **茨城県** i.ba.ra.ki ke.n
㉔ おおさかふ **大阪府** o.o.sa.ka fu	㉕ きょうとふ **京都府** kyo.o.to fu	㉖ ならけん **奈良県** na.ra ke.n
㉗ ひょうごけん **兵庫県** hyo.o.go ke.n	㉘ しがけん **滋賀県** shi.ga ke.n	㉙ みえけん **三重県** mi.e ke.n
㉚ わかやまけん **和歌山県** wa.ka.ya.ma ke.n	㉛ ひろしまけん **広島県** hi.ro.shi.ma ke.n	㉜ おかやまけん **岡山県** o.ka.ya.ma ke.n

33
島根県
shi.ma.ne ke.n

34
鳥取県
to.t.to.ri ke.n

35
山口県
ya.ma.gu.chi ke.n

36
徳島県
to.ku.shi.ma ke.n

37
愛媛県
e.hi.me ke.n

38
香川県
ka.ga.wa ke.n

39
高知県
ko.o.chi ke.n

40
福岡県
fu.ku.o.ka ke.n

41
佐賀県
sa.ga ke.n

42
大分県
o.o.i.ta ke.n

43
長崎県
na.ga.sa.ki ke.n

44
熊本県
ku.ma.mo.to ke.n

45
宮崎県
mi.ya.za.ki ke.n

46
鹿児島県
ka.go.shi.ma ke.n

47
沖縄県
o.ki.na.wa ke.n

日本的祭典

　　日本是一個熱愛祭典的民族，每年大大小小的祭典合起來，不下數百個，建議您在每次赴日旅遊前，都能夠先上網輸入關鍵字「日本の祭一覧（にほん まつりいちらん）」，查詢自己要去的地方何時會舉辦祭典，如此一來，旅程會更有收穫喔！以下介紹幾個日本知名祭點：

青森市（あおもりし） 青森ねぶた祭り（あおもり まつ）（青森佞武多祭）

地點	青森縣青森市
舉辦時間	每年八月二日～七日
交通	JR「青森」站下車
特色	

　　「青森佞武多祭」在一九八〇年，被日本指定為「國家重要無形民俗文化財產」。在一年一次為期六天的祭典裡，每天都擁入五十萬以上的人潮。

　　此祭典最大的特色，就是在活動進行時，街道上隨處可見宏偉壯觀、氣勢非凡、美輪美奐、有如藝術品般的「立體燈籠花車」。來到此地，若能租件祭典用的專用浴衣，一邊喊著「ラッセラーラッセラー」（< ra.sse.ra.a ra.sse.ra.a >；此祭典之口號，有打起精神、加油之意），一邊跟著遊行，絕對能創造出難忘的夏日回憶。

仙台市 仙台七夕まつり（仙台七夕祭）

せんだいし　せんだいたなばた

地點	宮城縣仙台市
舉辦時間	每年八月六日～八日
交通	JR「仙台」站下車
特色	

　　日本東北地區有三大祭典，分別是青森縣的「青森佞武多祭」、宮城縣的「仙台七夕祭」、以及秋田縣的「竿燈祭」。其中以較為靜態的「仙台七夕祭」吸引最多人潮，單日拜訪人數高達七十萬人以上。

　　此祭典的由來，顧名思義，一開始是為了祭拜牛郎與織女星。現在最大的特色，則是在活動前一天，也就是八月五日晚上，會發放一萬發以上的煙火，照亮整個夜空，宣告歡樂的祭典就要開始。而為期三天的祭典，商店街高掛著三千枝的巨型綠竹，上面綁著七彩繽紛的裝飾，每當清風吹來，綠竹上的流蘇隨著飄動，真是美不勝收。

東京都 淺草三社祭（淺草三社祭）

とうきょうと　あさくささんじゃまつり

| 地點 | 東京都台東區淺草神社 |
| 舉辦時間 | 每年五月第三週的星期五、六、日 |

交通　　　東京都地下鐵「淺草」站下車
特色

　　「三社祭」是每年五月第三週的週五到週日，在東京都台東區淺草神社舉辦的祭典，正式名稱為「淺草神社例大祭」。

　　短短三天的活動中，大約會有二百萬人慕名前來共襄盛舉。而活動中最熱鬧的，莫過於「抬神轎」活動了。在那一天，淺草的每一個町會，會抬自己的神轎在街上遊行，接著搶攻淺草寺，好不熱鬧。看著水洩不通的人潮、抬著轎子的熱情江戶男兒、穿著祭典服飾的男女老少，您會發現另一個與眾不同的東京。

─────────────────────────

京都市　祇園祭り（祇園祭）

地點　　　京都府京都市祇園町八坂神社
舉辦時間　每年七月一日～三十一日
交通　　　JR「京都」站下車
特色

　　「祇園祭」是京都八坂神社的祭典，它是京都三大祭典之一。

　　此祭典據說源自於西元八六九年，當時由於到處都是瘟疫，所以居民請出神祇在市內巡行，藉以祈求

人民平安健康。時至今日，祭典依然維持傳統，而活動中最值得一看的，就屬「山鉾（祭典神轎）巡行」了。在巡行過程中，山鉾數次九十度大轉彎的驚險與刺激，帶給遊客無數的高潮和驚喜。

<ruby>福岡市<rt>ふくおかし</rt></ruby> <ruby>博多祇園山笠<rt>はかた ぎ おんやまがさ</rt></ruby>（博多祇園山笠）

地點　　　福岡縣福岡市博多區
舉辦時間　每年七月一日～十五日
交通　　　JR「博多」站下車
特色

　　已有七百年歷史的「博多祇園山笠」，正式名稱為「櫛田神社祇園例大祭」，現已被日本政府指定為國家無形民俗文化財產。

　　此祭典一開始，也是因為當時到處都是瘟疫，所以舉辦神祇巡行活動，藉以消災解厄。如今這個活動，不但祈求眾人平安健康，也成了當地居民一年一度最重要的盛會。在活動當中，被稱為「山笠」的巡行神轎豪華壯麗，幾乎要幾十位壯漢才抬得動。當神轎巡行時，架勢十足，聲勢浩大，教人震撼不已。

日本的節日

儘管日本給人的印象是熱愛工作的民族,好像全年無休,但事實上,日本的國定假日可不少呢!

日本的國定假日合起來大約有二十天,再加上週休二日制,以及國定假日遇到週六和週日也一定會補休,所以一年裡有好幾個時段,一定會遇到大連假。在此提醒親愛的讀者,可以參考以下的整理,設定出國的時間,免得人擠人喔!

一月～三月的國定假日

元日 一月一日 元旦
（がんじつ）

日本的過年。為了迎接神明,日本人會在家門上裝飾年松,並享用在除夕夜(十二月三十一日)之前就準備好的涼涼的年菜。此外,也會到神社或寺廟做「初詣」（はつもうで）（新年首次參拜）。

成人の日 一月的第二個星期一 成人之日
（せいじん）（ひ）

為慶祝年滿二十歲的青年男女長大成人的節日。期盼藉由這個節日,提醒他們已經成年,希望他們能夠自己克服困難。如果這一天到日本玩,可以在街上看到很多二十歲的女孩子們,穿著華麗和服的可愛模樣哦!

建国記念の日 _{けんこくきねんのひ} 二月十一日 建國紀念日

日本神武天皇即位的日子。希望藉由這個日子，提升日本國民的愛國心。

天皇誕生日 _{てんのうたんじょうび} 二月二十三日 天皇誕生日

現任「德仁」天皇的生日。

春分の日 _{しゅんぶんのひ} 三月十九日到二十二日的其中一天 春分之日

春分，即晝夜一樣長的日子。

四月～六月的國定假日

昭和の日 _{しょうわのひ} 四月二十九日 昭和之日

日本昭和天皇的生日。期盼大家藉由這個日子，緬懷讓日本一躍成為強國的昭和時代，並為國家的未來而努力。

憲法記念日 _{けんぼうきねんび} 五月三日 憲法紀念日

日本立憲的紀念日。

みどりの日 _ひ 五月四日 綠之日

希望大家親近自然、並愛護自然的節日。

こどもの日 <u>五月五日</u> 兒童節

五月五日原為日本的端午節，是祈願男孩成長的日子，現在則改稱兒童節。在這一天，家裡有男孩的家庭，會掛上「鯉のぼり」（鯉魚旗）。看到許許多多的鯉魚旗在新綠下迎風招展，好不開心。

七月～九月的國定假日

海の日 <u>七月的第三個星期一</u> 海之日

感謝海洋賜予人類的恩惠，並期盼以海洋立國的日本永遠興盛的節日。

山の日 <u>八月十一日</u> 山之日

讓國民有更多機會親近山林、感謝山林所提供的恩惠。

敬老の日 <u>九月的第三個星期一</u> 敬老節

希望大家尊敬老年人、並祝福他們長壽的節日。在這一天，有老年人的家庭，多會聚餐或送上賀禮。

秋分の日 <u>九月二十二日到二十四日的其中一天</u>
秋分之日

秋分，即晝夜一樣長的日子。

十月～十二月的國定假日

スポーツの日 <u>十月的第二個星期一</u> 運動節

日本將「鼓勵大家多運動、培養身心健康」的運動節，訂在秋高氣爽、最適合運動的秋天。每年到了

這個時候，不只是學校，連各町、各區也會舉辦運動會，加油聲此起彼落，好不熱鬧！

文化の日（ぶんかのひ）十一月三日　文化之日

希望日本國人愛惜自由與和平，並促進文化的日子。

勤労感謝の日（きんろうかんしゃのひ）十一月二十三日　勤勞感謝之日

尊敬勤勞者、感謝生產者的節日。

日本三大連休假期

ゴールデンウィーク　四月底五月初　黃金週

從四月底的「昭和之日」，到五月初的「憲法紀念日」、「綠之日」、「兒童節」都是國定假日，再加上週末和週日，所以往往有一個星期以上的連續假期，也無怪乎被稱為Golden week（黃金週）了。

お盆（ぼん）八月十五日前後　盂蘭盆節

八月十五日前後的「盂蘭盆節」是日本人迎接祖先亡靈、祈求闔家平安繁榮的傳統節慶，雖不是國定假日，但是有「お盆休み」（盂蘭盆節假期）的公司很多，所以到處都是返鄉的人潮。

年末年始（ねんまつねんし）十二月二十九日～一月三日　年終與年初

日本的過年是國曆一月一日，十二月二十八日是公家機關「仕事納め」（工作終了）的日子，所以年假會從十二月二十九日開始，一直放到一月三日。若遇到週末、週日，假期也會跟著順延喔！

從機場到飯店
的自由行指南

　　知道如何搭飛機抵達日本，但接下來要怎麼去飯店？以下介紹已和台北「松山機場」直飛的東京「羽田機場」，以及日本最大的二座國際機場：東京「成田國際機場」與大阪「關西國際機場」，告訴您如何順利地從機場抵達東京與大阪的飯店！

從羽田機場→東京市內

出海關之後…

（1）搭電車或單軌電車（モノレール＜mo.no.re.e.ru＞）

　　羽田機場境內，直接就有「羽田機場國際線航廈站」（京急線；於航廈地下樓）以及「羽田機場國際線大樓站」（東京單軌電車線；於航廈三樓）可搭乘電車或單軌電車，約四十分鐘可抵東京都心。

（2）搭巴士

　　羽田機場境內，直接

就有「リムジンバス」（機場利木津巴士）可抵關東地區的東京、神奈川、千葉等地。直接到航廈二樓購票、搭乘即可。到東京都心，約需四十分鐘，費用約一千日圓。

（3）搭計程車

　　於航廈一樓搭乘，約四十分鐘可抵東京都心，費用約一萬日圓。

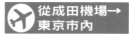
從成田機場→東京市內

出海關之後…

（1）搭電車

　　成田機場有二個航

廈，所以有「成田機場站」（第一航廈）以及「機場第二大樓站」（第二航廈）二個站。在這二站，可搭乘「成田SKY ACCESS線」、「京成本線」、「JR線」、「成田Express線」等到想去地點。尤其「JR線」和「成田Express線」，會停靠位於山手線上的大站，如東京、品川、新宿、池袋等等，從這邊換車，抵達飯店所在的車站，最多只需幾十分鐘。

（2）搭巴士

在二個航廈，皆有「機場利木津巴士」，可抵東京都內各大車站，如銀座、赤坂、池袋、新宿、澀谷、品川等等。搭乘巴士約需八十到一百分鐘，沿途可以在舒適的座位上欣賞東京灣景色。

（3）搭計程車

如果趕時間，或是不計較花大錢的話，可以循著標示牌抵達出口，就可以坐上等著客人的計程車。從機場到東京市內價格，加上高速公路費用，二萬五千日圓應該是跑不掉的！

 從關西機場→大阪市內

出海關之後…

（1）搭電車

位於大阪的關西國際機場，可搭乘「JR西日本」（關西機場線）以及「南海電鐵」到關西的大阪、京都、奈良等各大都市車站。而到大阪最熱鬧的「難波站」，只需四十分鐘。

（2）搭巴士、計程車

走出機場，在機場門口搭乘「機場利木津巴士」或計程車，都可直接前往位於大阪市內的飯店。

東京電車路線圖

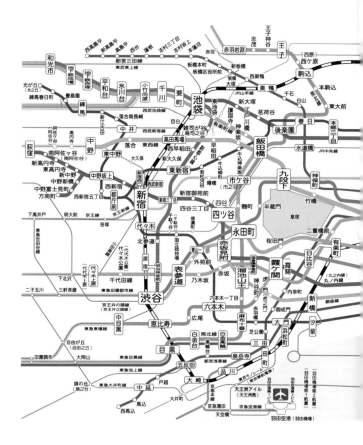

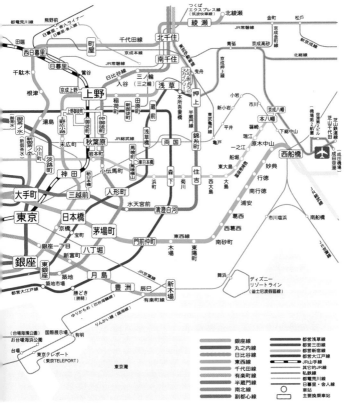

東京各主要鐵路路線

■■■■■	都営三田線 <small>と えい み た せん</small>	to.e.e mi.ta.se.n
■■■■■	副都心線 <small>ふく と しんせん</small>	fu.ku.to.shi.n.se.n
■■■■■	有楽町線 <small>ゆうらくちょうせん</small>	yu.u.ra.ku.cho.o.se.n
■■■■■	都営大江戸線 <small>と えいおお え ど せん</small>	to.e.e o.o.e.do.se.n
■■■■■	丸ノ内線 <small>まる の うちせん</small>	ma.ru.no.u.chi.se.n
■■■■■	千代田線 <small>ち よ だ せん</small>	chi.yo.da.se.n
■■■■■	東西線 <small>とうざいせん</small>	to.o.za.i.se.n
■■■■■	都営浅草線 <small>と えいあさくさせん</small>	to.e.e a.sa.ku.sa.se.n
■■■■■	銀座線 <small>ぎん ざ せん</small>	gi.n.za.se.n
■■■■■	半蔵門線 <small>はんぞうもんせん</small>	ha.n.zo.o.mo.n.se.n
■■■■■	日比谷線 <small>ひ び や せん</small>	hi.bi.ya.se.n
■■■■■	南北線 <small>なんぼくせん</small>	na.n.bo.ku.se.n
■■■■■	都営新宿線 <small>と えいしんじゅくせん</small>	to.e.e shi.n.ju.ku.se.n
■□■□■	山手線 <small>やまのてせん</small>	ya.ma.no.te.se.n

東京第一線：
JR山手線

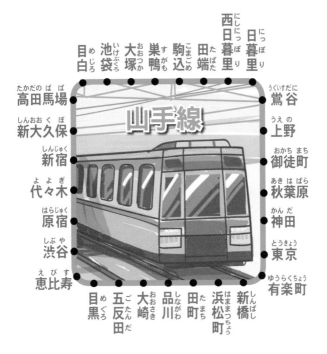

山手線

高田馬場（たかだのばば）
新大久保（しんおおくぼ）
新宿（しんじゅく）
代々木（よよぎ）
原宿（はらじゅく）
渋谷（しぶや）
恵比寿（えびす）

目白（めじろ）
池袋（いけぶくろ）
大塚（おおつか）
巣鴨（すがも）
駒込（こまごめ）
田端（たばた）
西日暮里（にしにっぽり）
日暮里（にっぽり）

鶯谷（うぐいすだに）
上野（うえの）
御徒町（おかちまち）
秋葉原（あきはばら）
神田（かんだ）
東京（とうきょう）
有楽町（ゆうらくちょう）

目黒（めぐろ）
五反田（ごたんだ）
大崎（おおさき）
品川（しながわ）
田町（たまち）
浜松町（はままっちょう）
新橋（しんばし）

横濱電車
路線圖

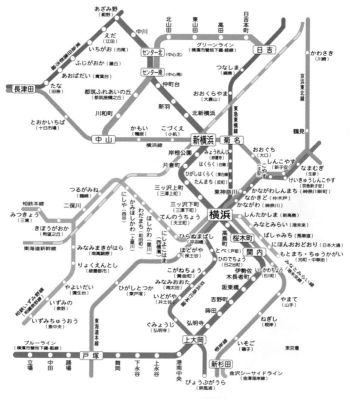

ブルーライン（横濱市營地下鐵-藍線）
グリーンライン（横濱市營地下鐵-綠線）
みなとみらい線（港未來線）
相鉄本線、相鉄いずみ野線（相繼泉野線）
金沢シーサイドライン（金澤海岸線）
根岸線、東海道本線、京浜東北線
東海道新幹線
京浜急行本線
東急田園都市線、東急東横線

名古屋電車路線圖

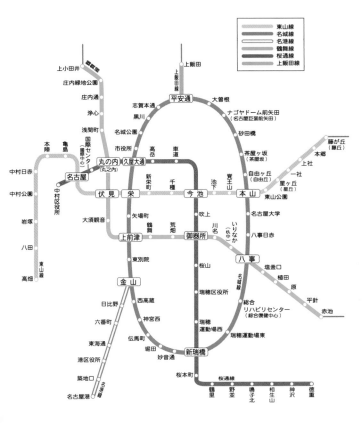

京都電車路線圖

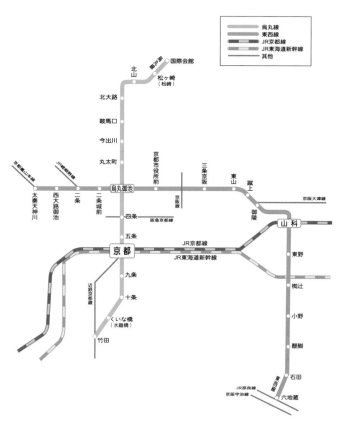

烏丸線
東西線
JR京都線
JR東海道新幹線
其他

大阪電車路線圖

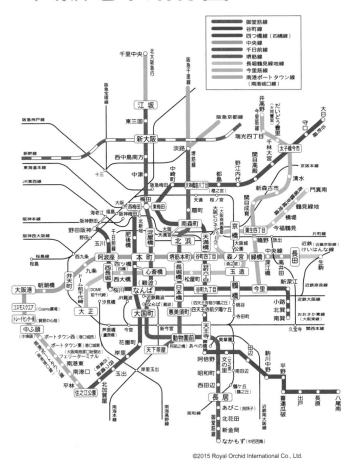

©2015 Royal Orchid International Co., Ltd.

福岡電車路線圖

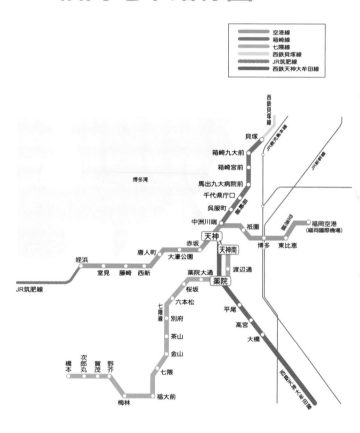

空港線
箱崎線
七隈線
西鉄貝塚線
JR筑肥線
西鉄天神大牟田線

西鉄貝塚線

貝塚

箱崎九大前

箱崎宮前

馬出九大病院前

千代県庁口

呉服町

中洲川端

天神

赤坂

天神南

唐人町

大濠公園

姪浜

室見　藤崎　西新

JR筑肥線

薬院大通

薬院

桜坂

六本松

七隈線

別府

茶山

金山

七隈

福大前

梅林

橋本　次郎丸　賀茂　野芥

博多湾

祇園

博多

渡辺通

平尾

高宮

大橋

福岡空港
（福岡國際機場）

東比恵

JR鹿児島本線

JR新幹線

西鉄天神大牟田線

札幌電車路線圖

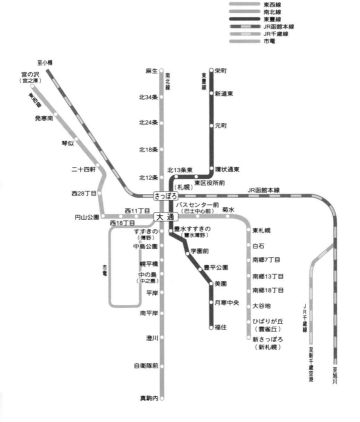

東西線
南北線
東豐線
JR函館本線
JR千歲線
市電

至小樽
宮の沢
（宮之澤）
東西線
發寒南
琴似
二十四軒
西28丁目
円山公園
市電

麻生
北34条
北24条
北18条
北12条
北13条東
（札幌）
さっぽろ
西11丁目
大通
西18丁目
すすきの
（薄野）
中島公園
幌平橋
中の島
（中之島）
平岸
南平岸
澄川
自衛隊前
真駒内

南北線

東豐線
栄町
新道東
元町
環状通東
東區役所前
バスセンター前
（巴士中心前）
菊水
豊水すすきの
（豐水薄野）
学園前
豊平公園
美園
月寒中央
福住

JR函館本線
東札幌
白石
南郷7丁目
南郷13丁目
南郷18丁目
大谷地
ひばりが丘
（雲雀丘）
新さっぽろ
（新札幌）

JR千歲線
至新千歲空港
至旭川

©2015 Royal Orchid International Co., Ltd.

283

國家圖書館出版品預行編目資料

日本導遊教你的旅遊萬用句　新版 / 元氣日語編輯小組編著
--三版--臺北市：瑞蘭國際，2023.09
288面；10.4 x 16.2公分 --（隨身外語系列；67）
ISBN：978-626-7274-60-6（平裝）
1. CST：日語　2. CST：旅遊　3.CST：會話

803.188　　　　　　　　　　　　　　　112014935

隨身外語系列 67

日本導遊教你的旅遊萬用句 新版

編著者｜元氣日語編輯小組・責任編輯｜葉仲芸、王愿琦
校對｜葉仲芸、こんどうともこ、王愿琦

日語錄音｜杉本好美・錄音室｜不凡數位錄音室
封面設計｜陳如琪・版型設計｜張芝瑜
內文排版｜張芝瑜、帛格有限公司・美術插畫｜Ruei Yang

瑞蘭國際出版

董事長｜張暖彗・**社長兼總編輯**｜王愿琦
編輯部
副總編輯｜葉仲芸・**主編**｜潘治婷
設計部主任｜陳如琪
業務部
經理｜楊米琪・**主任**｜林湲淘・**組長**｜張毓庭

出版社｜瑞蘭國際有限公司・地址｜台北市大安區安和路一段104號7樓之1
電話｜(02)2700-4625・傳真｜(02)2700-4622・訂購專線｜(02)2700-4625
劃撥帳號｜19914152 瑞蘭國際有限公司
瑞蘭國際網路書城｜www.genki-japan.com.tw

法律顧問｜海灣國際法律事務所　呂錦峯律師

總經銷｜聯合發行股份有限公司・電話｜(02)2917-8022、2917-8042
傳真｜(02)2915-6275、2915-7212・印刷｜科億印刷股份有限公司
出版日期｜2023年09月初版1刷・定價｜380元・ISBN｜978-626-7274-60-6

瑞蘭國際

瑞蘭國際